U0909907

穷日子

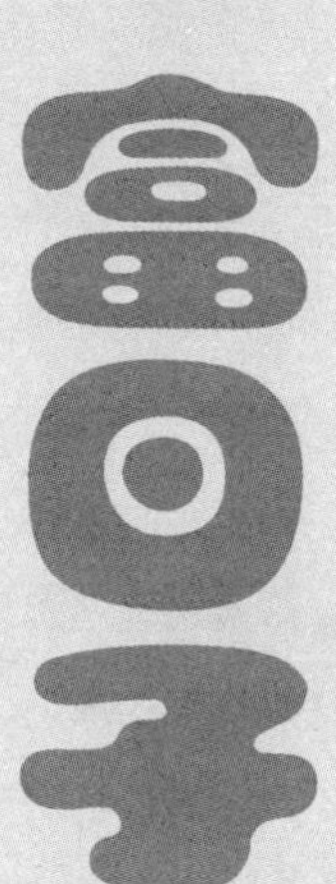

朱辉◉著

中国财富出版社

图书在版编目（CIP）数据

穷日子 富日子／朱辉著．—北京：中国财富出版社，2014.9

ISBN 978－7－5047－5327－4

Ⅰ．①穷… Ⅱ．①朱… Ⅲ．①随笔—作品集—中国—当代

Ⅳ．①I267.1

中国版本图书馆 CIP 数据核字（2014）第 179868 号

策划编辑	丰　虹	**责任印制**	方朋远
责任编辑	刘淑娟	**责任校对**	杨小静

出版发行	中国财富出版社		
社　　址	北京市丰台区南四环西路 188 号 5 区 20 楼	**邮政编码**	100070
电　　话	010－52227568（发行部）		010－52227588 转 307（总编室）
	010－68589540（读者服务部）		010－52227588 转 305（质检部）
网　　址	http://www.cfpress.com.cn		
经　　销	新华书店		
印　　刷	北京京都六环印刷厂		
书　　号	ISBN 978－7－5047－5327－4/I·0165		
开　　本	880mm×1230mm　1/32	**版　　次**	2014 年 9 月第 1 版
印　　张	10.375	**印　　次**	2014 年 9 月第 1 次印刷
字　　数	242 千字	**定　　价**	32.00 元

前言

老百姓开门七件事，柴米油盐酱醋茶。如果要总结这七件事有什么共同点，那就是都与钱有关。古时候虽然“天下之大，莫非王土，率土之滨，莫非王臣”，可是总还能找到一些蛮荒之地，于是有了许许多多陶渊明这样的隐士，他们可以骄傲地说：“经济与我无关。”时至今日，起码在中国，适合人类居住的地方，几无可以隐居之地，所以每个人都与经济密切相关，每个人都会在心里把自己的日子归类于穷日子或富日子。

谈钱容易出名，看看各种各样、琳琅满目的所谓“专家”中，最出名的往往是经济学家。可是出名不一定意味着被崇拜，盘点一下这些年来那些一线经济学家，几乎没有让人特别服气的。更多的只是“草船借箭”中的稻草人，每每总能被大家射个遍体鳞伤。所以者何？一来，屁股决定脑袋。既然已经成名成家，自然和大多数老百姓不在一个阶层，自然有意无意会代言某一利益集团的呼声。这在国外很正常，可是中国老百姓都期待名人德艺双馨，都希望他们像包青天，即便不能铁面无私，也要铁嘴无私。这对于功成名就的“专家”着实有些难，难免“臣妾做不到”。二来，悟道讲究“不能说，一说就是错”。经济方面的事情也一样，听股评家的意见去炒股，多半会亏成杨白劳；而房评家的话根本无须听，因为时至今日，涨，一般老百姓买不起；跌，也未必买得起，因为届时或许经济会萧条，您说不定已经失业了……

谈钱出名即挨骂，这几乎成了铁律，不出名尚可混点小钱。不少未名作者喜欢替富豪总结成功经验，比尔·盖茨、巴菲特、李嘉诚、王健林、许家印都成为他们笔下成功学的经典案例。甚至尸骨无存了的胡雪岩、沈万三，也被总结了。好在说的尽是好话，人家也不会和你打官司，计较你说得对不对。至于死掉了的富豪，更可以随便说。可是捧读这些成功学书籍，真有人能成功吗？迄今为止，尚无一位富豪声称自己是照着这些书做，因而家财万贯了。这道理很简单，没有人能通过看书学会游泳、学会骑自行车，何况成功本无学。

其实钱的事情没必要端着架子，非得在高大上的论坛上说；也不必仰视富人，觉得他们下巴上的痦子也光彩夺目。我们有自己的日子，就有自己的财富态度、自己的价值观。我心即佛，不用去膜拜别人。能看清自己想什么、要什么、为什么这么说、为什么这么做，活明白了，一切就都豁然开朗。

“幸福与贫富无关，与内心相连。”这话听着有些虚伪，但是大实话。除去处于赤贫状况的少数最底层民众，80% 以上的国人对于日子感觉是穷是富，源于主观认识。同样的收入水平，总有人活得有滋有味，也会有人活得牢骚满腹。

穷日子、富日子，都是逃不掉、躲不开的日子。既然非得过日子，那就淡定一点，你可以嬉笑怒骂，但不必被穷富闹得亚健康，我们要做日子的主人，让日子过出自己期待的色彩。

作　者

2014 年 6 月

目　录

“态度决定一切”，有什么样的态度就有什么样的生活。所谓成功学大多只是术，人生态度才是道，决定着你走向何处，会有什么样的收获。

假如老天再给你一次“抓周”的机会，怎么办？你应该少抓一点东西，有便宜的就不要等着抓免费的，有“钱途”不要想着还能抓个“保险箱”在手里……现实生活中，小手掌往往才是“大力士”。

一辈子可以赚多少钱？因人而异。但就个人而言，缩减摸索和走回头路的时间，你的人生就多了一些实战时间，因此也就多了一笔靠自己精算出来的财富。

有没有“肉”吃？这是员工选择公司首先考虑的要素。能不能给下属提供“肉”？也是老板无法回避的问题。选择老板，是决定大多数人有多少财可以“理”的关键一步，那些看似哥们儿、朋友、伙伴的老板未必是好老板。

房子、金子、股票……这些一度让国人陌生的东西，如今又回到了人们的日常生活中，渐渐和柴米油盐一样，成为生活要素。由于接触时间尚短，人们对它们还常有迷茫感，还在摸索怎样与它们和谐相处。

第一辑

人穷心不穷

"态度决定一切"，有什么样的态度就有什么样的生活。所谓成功学大多只是术，人生态度才是道，决定着你走向何处，会有什么样的收获。

年年都是好年

历年春晚都不乏类似的相声节目：夸赞即将来临的一年。龙年夸龙，虎年夸虎。然而曾经被寄予厚望的“金猪年”，过后绝大多数人觉得并没有带给自己财运；虎虎生风的虎年，物价倒是大发虎威，涨个不停，涨到了兔年……

是不是最近几年都不是好年呢？恰恰相反，在许多人嘴里，除了正在进行中的“今年”，几乎年年都是好年。

“要是几年前买了房子就好了，虽然那时候已经涨起来了，不过房价还不到现在的一半。按揭利息和物价涨幅相比，低得很……”几位还没有当上房奴的同事，如今对于几年前当上房奴的朋友满是羡慕嫉妒恨，后悔自己当年没有把握机遇。然而当年，他们不就在抱怨房价高，没遇上好年景吗？

“累死累活，还只是四钻……”开着网店的小马时常感叹。他很羡慕那些早了四五年开网店的朋友，他们很多已经是“皇冠”，甚至三四个“皇冠”了。

“早个六七年，竞争对手少得多。发展到现在，一个月再不济也能有一两万元利润。现在再想靠网店致富，太难了……”小马很懊恼自己起步晚了。

早六七年，不就是猪年吗？那年过后，许多人都在抱怨

“金猪”名不副实，更有人论证其实那年是“土猪”年。现在，不少人又开始追认那是个创业致富的好年份。比如有专家撰文说，做电子商务，最好的时间点是 2006 年、2007 年，因为 2008 年金融危机造成外贸企业外单流失，大量优质外贸货流向淘宝，如果一家淘宝店是在 2006 年、2007 年时开，正好赶上淘宝大发展，流量便宜，在线支付手段开始成熟，网购人群爆发性增长，所以怎么做怎么赚钱，怎么做怎么成功……

很多过往的年份，都会被这样追忆。普通民众的追忆充满浪漫主义色彩，“假如那年我……现在早就不是这副光景了。”专家们的追忆，则旁征博引，一大堆数据资料让你不得不相信：曾经有个俯首可拾金的年代确实存在过。

过去的年份常常被美化，未来的年份也经常被憧憬。“读研是必需的，过两三年，就业形势就不会这样严峻了！”大哥对本科刚毕业的侄儿说。可是今年毕业的研究生们，许多都在后悔当年不如直接去应聘。中科院院士崔向群更是说：“现在研究生和以前的中专生、大专生也没有什么区别了。”时间并不能缓解压力，困难通常不会因为过了几年，就自动消失了。

常言道：“活在当下。”可往往只有当下最令人不满，很多时候这都是错觉惹的祸。少一些后悔，少一些回避，积极地迎难而上，我们就可以把每一年都过成好年。世上本没有“金猪”“金兔”“金龙”，金是靠我们自己给它们镀上去的。

点评

人都有惰性，所以都会期待事半功倍，甚至不做事也能成事。因此运气一直备受世人期待，然而天上掉馅饼毕竟是极小概率事件。每个年份是“金”还是“土”，更多取决于你付出了多少努力。同样一个年份，对你是“土年”，对于别人或许就是“金年”。

羡慕贼挨打

“只看到贼吃肉，没看到贼挨打。”好几个前辈这样教训过我们，可是当同学聚会小李开着“奔驰”来到酒店门口时，我们还是忍不住心里泛酸作痛。

“这些年给以前所在的工厂倒腾点原材料，赚了几个小钱……”小李落座后说，语气十分低调，不过大家心里认为这是假低调。要是真低调，完全可以把车停到200米开外，然后步行前来。

像许多近年才开始致富的内地年轻人一样，小李的创业时机并不理想，已经过了随便倒卖些什么就可以暴富的年代。不过小李有个好叔叔，在他辞职前所在的工厂当厂长。是他鼓动小李下海经商，然后垄断了厂里的原材料供应，使他轻而易举地富了起来。

虽然不少同学觉得小李是假低调，不过席间谁都看出他比大多数老同学显得苍老，似乎过得并不幸福。小李事业上是春风得意了，但他的家庭并不美满，这点大家也都知道。当初小李和同桌丽丽苦恋了四年，原本被认为是最有希望结合的一对，可是叔叔的干涉让小李最终当了陈世美，娶了叔叔介绍的处长的女儿，这应该是小李心中永远的痛。

物质富裕的代价是放弃自己最基本的一些权利，牺牲了最宝贵的爱情，小李如果是个吃到肉的贼，他挨打应该挨得不轻了。然而大家心里的不平并没有因此而改变，为什么？或许潜意识里以为，换了自己有这样的机会，经过思想斗争大概也会选择做个幸福的傀儡，任由叔叔来策划自己的人生。而自己现在没有这种机会，当然也就依然有些不平了。

除了小李，最风光的是外企白领大刘。大刘一个月月薪近两万元，这个数字是经过确切考证的。

“别看我工资高，压力大着呢，一直处于亚健康状态，浑身是病。而且一个月有 20 天在外出差，跟妻子、孩子感情也受到影响……”大刘叫苦道。大家彼此很熟悉，知道他说的这些不是矫情。白领嘛，40 岁之前用健康换财富，40 岁以后用财富买健康，很常见。

牺牲身体、牺牲天伦之乐换取高薪，大刘这个吃到肉的贼也付出了不小的代价。可是，我们内心似乎还是没有“原谅”他的高薪，假如自己有这样一个职位舍得放弃吗？估计放不下，我们还是会选择搏命去赚钱，哪怕牺牲一些亲情。但是我们连这样的机会都没有，于是我们嫉妒大刘……

小陶是公务员，收入不算很高，可是福利好，据说最近被提拔当科长了。“其实我活得最累，你们看我表面上工作轻松体面，却不知道处理人际关系有多难。我每年公关应酬的支出差不多占了收入的一半，现在好不容易提拔了，以后公关档次又上了一个台阶，钱更不够用了。去贪点，早晚会出事。不越轨，老老实实工作，又怕自己没有背景，不公关混不开局面。”

小陶的苦恼在我们这些临近中年的同学中也容易得到理解，

官场上，人际关系是最头痛的。不过，我们如果和他换换，风雨中这点痛大约也可以忍受。

“人比人，气死人。”说不比，最终还是比出一肚子不平之气。而且看见了贼挨打，依然嫉妒贼吃肉。许多人的烦恼看来已经是疑难杂症，需要不一般的良药才能化解。

点 评

近些年，感悟类文章很流行，许多人读了以后似乎深受启发，心灵得到了洗涤。比如看到别人混得风生水起，也能压住妒火，自我调节体内酸碱度，并且能想到别人的得到必有超过常人的付出……然而无论怎么参禅悟道，骨子里的贪欲往往很难彻底被压制，于是仍会烦恼于自己没法和人家“换换”。要改变这种心态，唯有持之以恒提高修养，体内正能量真正占了上风，你的心灵才能健康起来。

晒客的风险

虽然城市现代化程度越来越高，不过一些传统的东西依然无处不在。比如熟人久未见面，一旦偶遇，常常免不了打听对方收入。如果对方不如自己，窃喜；对方远高于自己，则好几天心里不爽，叹息自己怀才不遇。

“遇到打听收入的，先反问她。如果她拿三千元月薪，你就说两千八百元。她五千元，你就四千八百元，反正比她少一点点。”好友小丽说。她说现在许多人很势利，你比她差太多，她会鄙视你。你比她强太多，她又嫉恨你。唯有和她差不多，略逊于她。既不得罪她，又不被她小看。

小丽的策略看似不错，但真正这样做的人并不多。骨子里，大多数人都有争强好胜的基因，希望别人高看自己、仰视自己，所以喜欢晒幸福的人肯定比哭穷的人多。尤其曾经混得不尽如人意的人，一旦有所起色，大多唯恐别人不知，有时晒幸福会晒得近乎病态，潜意识里渴望他人另眼相看，甚至报复他人当年的轻视。然而晒幸福不同于晒被子，风险之大有时令人难以想象。

前两年，湖北一位名叫付继成的大学生偶遇旧友殷黄飞，叙旧过程中炫富，一再渲染家里有钱。结果殷黄飞心理严重失衡，以出游为名，途中用毒针射杀付继成，继而打电话给付家，敲诈50万元……

炫富丢了性命，这或许只是个例。不过不看别人脸色一味晒幸福，不经意间结下仇人，日后在事业、生活中总有人偷偷使绊，这种情况却极为普遍。

假如实在忍不住晒幸福的冲动，怎样才能规避潜在风险呢？多为别人做事！

我有位亲戚总喜欢吹自己有钱，因此遇到朋友聚会等场合，便免不了要抢着埋单。他享受到了吹牛的快乐，私下也体验到了经济上捉襟见肘的困窘。可能因为经常能跟着他白吃，大家也就消化掉了一些心理不平衡，倒是没有人嫉恨他。

另有一朋友总吹自己有本事、人脉广，常常像郭冬临某小品里一样，偷偷倒贴钱买黑市火车票、黄牛门票，然后说是托关系帮人买的。

权利与义务相结合，世界上的事情往往如此。假如你只图自己晒得痛快，一味显摆、嘚瑟，却没有给“听众”带来半点好处，那就相当于排污却不付排污费，早晚会受到相应的惩罚。

晒与不晒，自然还是不晒为好。如果达到一定的修养，根本不会有晒的冲动。至于被问及收入，顾左右而言他就可以了，久而久之，还可以帮助爱打听者纠正这一恶习。

点评

“三岁看大，七岁看老。”倒推一下，我们身上总能找到童年的影子。比如我们小时候有了件新衣服，总会第一时间穿出去给小伙伴们看；有了好吃的东西，也会当着小伙伴们吃，但不一定舍得分给他们一起吃。有些事情小孩子做，十分自然，可是长大了还这样就会给自己惹麻烦。年龄增长不能自动带来心智成熟，有时候我们应该对自己狠一点！你已经是成年人了，该改改某些坏毛病了。

发财梦的解析

凌濛初的《拍案惊奇》中有一个故事叫《转运汉巧遇洞庭红》，说的是商人文若虚经商破产，无奈之下带着只值一两多银子的“洞庭红”橘子跟着别人去了海外，不料在外国这些橘子竟然卖了八百两银子。回国途中，文若虚又在一座荒岛上发现一个鼍龙壳，运回老家卖了五万两银子……破产商人文若虚就这样短短几个月成了福建的巨富——如果当时有福布斯排行榜，估计他老人家也一定能进入百强了。

《拍案惊奇》这类文学作品的目标读者是普通市民阶层，按现在流行的划分标准就是“非高尚人士”。虽然登不了大雅之堂，可是这类作品对于社会生活的影响力往往大大超过唐诗宋词，至今依然深刻地影响着许多老百姓的致富心理。

一两多银子变成八百两，这已经够让人向往了，而白白捡到一个鼍龙壳，一下子赚了五万两！这种得来全不费工夫的运气简直让人神往。作为消遣，茶余饭后看看这些传奇故事，掩卷做做白日梦，把自己与书中角色替换一下到梦境里过把瘾，这也不失为调理身心的一种养生之道。可是国人一向喜欢用口述的形式传播此类致富传奇，大多数市民阶层老百姓又没有读书的习惯，传着传着这类故事中的主人公就成了传播者“认识”的某某熟人，“传奇”便演变成了“纪实”，可以供人作为致富参考了。

时至今日，“传奇”这种形式不再受年轻读者的喜爱，取而代之的是一大批“纪实”杂志充斥市场。不久前，外甥给我看一篇好文章，文章中的主人公文化不高，给人当保姆。在工作中她掌握了一门绝活，可以听懂临终老人含混不清的遗言，结果月薪一下子涨到了六千元……这绝活够难的，且不说掌握各种方言已属不易，老人们各自的文化水平、语言习惯也千差万别，没有和他们长期接触，你怎么能一一了解他们的手势、表情、嘟囔代表什么意思？外甥对这样的纪实是喜闻乐见的，因为他本人没考上大学，这两年求职一直不顺。这种文章给他一些心理支撑固然是件好事，不过希望他不要心血来潮，也去苦攻什么“临终语”。

笔者有一位写纪实的朋友苦于题材难找，无奈之下在家构思了一篇“致富人物纪实”，为了体现真实性，让他一个朋友扮演文章里的男强人。有了“当事人”的证明材料，此文换得了杂志社的几千元稿酬。不过他那个朋友却苦了，深更半夜总有人打电话来问致富经，甚至有人已经变卖了家里的房子准备投资那项子虚乌有的事业……

浮躁的社会致富心态下，迎合这种浮躁，制作出一些“梦产品”倒是一条致富捷径，只是苦了那些痴心的“梦中人”。

曾经听过一个笑话：在美国，有个青年去拜访一位富翁，请教他是怎样成为百万富翁的。富翁说他年轻时曾一贫如洗，有一天饿得不行了，好在捡到了一个苹果，他把苹果擦得很亮，结果居然卖了 5 美分。第二天，他拿 5 美分买了两个苹果，又擦得很亮，卖出了 10 美分……“后来呢?”那个青年急切地问。“第三天，我继承了一大笔遗产，就成了百万富翁了。”富翁说。

如果那个富翁在中国，他会这样说自己并不辉煌的致富史吗？当然不会！他会请人写本自传——《从 5 分钱到 500 万元》，讲述自己是怎样由 5 分钱起家，靠自己的努力最终成为了“苹果大王”。这个故事也许还会被写成 N 个版本的纪实，供无数在心里早就期盼捡这样一个苹果的青年阅读。

20 ~ 30 岁是大多数国人一生中最富理想的时期，许多人潜意识里把自己预封为将来的百万富翁、千万富翁。不过到了 30 岁以后，很多人却骤然颓废起来，觉得自己这辈子不会有太大出息了。梦越缥缈，梦醒后无路可走的打击越强烈。梦本身无错，有梦才有追求。假如这梦做得离现实近一些，有可能够得着，大可以做上一生，让它不断引导你走向梦境中美好的所在。

点评

时下流行“中国梦”，但许多人对于“梦”的理解有误。“中国梦”是梦想，是经过努力可以实现的美好愿景，而不是野鸡杂志描绘的白日梦。健康的梦想能激励人积极向上，一步步去实现自己的人生价值。虚无缥缈的白日梦如同吸毒，带给人们一时的幻觉快感，一旦梦醒就会陷入绝望，从而颓废萎靡。怎样做梦，是一门学问。

晒网

邻居老刘是我们这片最早富起来的人，20世纪80年代初，他毅然从国营厂出来，当起了个体户。到了20世纪80年代中期，他已经拥有了两辆大卡车，俨然是小巷里的首富。

按说如此高起点，如今他起码也能混成千万富翁了。可是，如今他却成了一个现代阿Q，或“舂米”或“撑船”，靠间歇性地打些短工为生。

先富不仅没有带动后富，连自己都穷了下去，原因就在于老刘的生活态度是“三天打鱼，两天晒网”。拥有了两辆卡车之后，他就当起了脱产老板，把车承包给别人，自己每天吃喝玩乐，充分享受生活。享受着、享受着，入不敷出，不得已卖了一辆车；第二年，又卖了第二辆……老刘不得不重新出去给别人打工开车。之后的十多年，他每年都是帮人开八九个月车，剩下几个月辞工在家休闲。他存折上的数字总会最终归零，逼得他下一次“出山”。

最近几年，司机这个职业越来越不吃香了，不仅收入下降许多，工作也不好找。老刘有时便沦落到给人当门卫的地步，由于身体状况越来越差，时常要看病，他最终穷成了“低保户”。

“老刘真是个懒溜子，和他差不多时候下海的人，哪个现在不是家财万贯。他这个人有两个钱就嘚瑟，不思进取……”许多人这样评论他。

然而，最近网上流行起一个新词“慢活族”。据说“慢活族”在欧美发达国家很流行，他们并不像传统的职场中人那样奋力进取，而是追求一种舒适、休闲的生活。我们的大刘不就很符合“慢活族”的风格吗？原来他二十多年前就与“国际接轨”了。

曾经看过一则报道，说美国某著名快餐连锁店发源于一个小镇。当时镇上有一对兄弟经营着一家快餐店，结果被一位外来客看出了商机，于是买下了他们的店。许多年以后，这家快餐店已经发展到了世界各地，成为国际名牌企业。而那两个兄弟却还在小镇悠闲地生活着，每天钓鱼、喝咖啡……

如果在中国，不争气的两兄弟无疑是人们眼中的“懒溜子”，可是在欧美，许多年轻人却很欣赏他们，觉得他们比大老板还幸福。

当然，我们的老刘并不值得欣赏，因为我们的社会福利还没有达到欧美的层次。我们如果要成为“慢活族”，必须适可而止，起码不要给亲友添麻烦，不要让他们来扶你的贫。

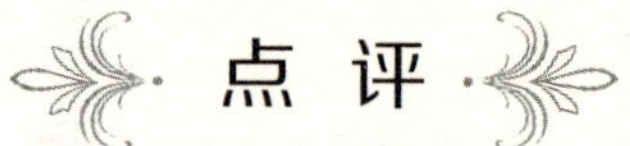

点评

“谁致富，谁好汉！谁受穷，谁狗熊！”20 世纪 80 年代很流行这样一句口号，这种氛围下，大家像打了鸡血似的拼命想发家致富。然而一晃当年的小伙子变成了如今的老头子，有人钱没花了人不在了；有人虽然人还在，可累出一身病，于是便有人推崇西方人享受生活的慢节奏。凡事适可而止是最佳状态，既不必豁出老命奔小康，也不应该以“慢活族”自居，为好逸恶劳找借口。

我们越来越坏了

同学甲开了家公司，经过两年运作，渐有起色，于是成了今年同学聚会的焦点人物，备受尊重。然而，私下里，同学甲的名声却越来越差。他以前的种种糗事都被大家翻出来，作为谈资；至于他发达的原因，大部分同学认为是投机取巧加运气好；关于他的未来，许多人言语中透露出的潜意识愿景是“他的公司早晚会倒闭”。

“现在的人，不知道为什么，变得越来越坏了。以往关系那么好的同学，私下里都希望我倒霉。我做了什么得罪人的事情了？不就是这两年多挣了一点钱？”那天同学甲打电话给我，或许觉得我这个人比较厚道，于是倾诉起苦衷和困惑来。

“怎么你都知道了？”我很诧异。同学之间私下说的那些话，似乎他都已经有所耳闻。

同学甲没有正面回答我，继续质疑着“希望别人过得不如我”的社会心态，感叹世风日下、人心不古。他兀自感叹着，我在电话这头却越来越羞愧起来。说老实话，听说同学甲开了公司，我心里也是酸溜溜的，潜意识里或许也希望他不要继续发展下去。我不盼望他过得比我差，却也不希望他过得比我好许多。

和同学甲聊完之后，我忏悔了好几天，为自己思想觉悟的倒退惭愧。然而，忽一日，同学甲又打电话来了，这次不是诉苦，是惶恐。

“以前总在说别人，原来我自己也是这样的。今天去接一位国外回来的好友，听说如今他混得风生水起，我心里很不是滋味……我现在居然也是见不得熟人混得比我好，这是怎么了？难道我也越来越卑鄙了？”同学甲似乎第一次发现自己内心的“小”，由于以往这种“小”埋得深，所以一经发现，格外受震撼。

思来想去，我们虽然在心态上都“亚健康”了，不过病根可能不完全在于个人修养。社会转型期，我们习惯于把钱当作衡量人生价值的唯一标准。于是一旦看到别人比自己有钱，内心就打翻了五味瓶。修养好的尚且可以掩饰情绪，不将嫉妒变成负面行为；修养差的就会去私下诋毁他人，不知不觉变成了自己也曾经不齿的小人。

怎样让自己摆脱心理亚健康？自己能做的还是努力将心胸扩宽一些，看到自己也有别人没有的长处。有时不妨用田忌赛马之术，在内心里以己之长比他人之短，虽然有些阿Q，好在对别人并无伤害。同时，我们的社会舆论应该避免有意无意地一味拜金，应该倡导人生价值多元化，不以财富论英雄。

我们其实还没有变成“坏人”，只是都有点小病，只要勇于“治疗”，一切还不晚。

点 评

《只要你过得比我好》是一首经典老情歌，不过艺术总是高于生活，即便恋人之间，分手之后也很难真正从内心希望对方以后过得比自己好。至于一般的亲友之间，更常常会暗自希望别人过得不如自己。这种想法的受害者其实不是被羡慕嫉妒恨的人，而是我们自己。你恨不恨别人，别人都过得好好的，心里泛酸的是你自己。道理很浅显，需要做的只是给自己的内心扩容。心胸开阔了，就不会再堵得慌。

为什么不给我

老爸退休后谋到一份拿“补差”的差事，给一位大老板亲戚当办公室主任。或许那位大老板觉得老爸年纪大，交际圈子小，口风严，不会给他带来多少副作用。

起初，老爸对这份差事很满意，不过跟着大老板出去“社交”了几回，心理就大大失衡了。

“他奶奶的，他打麻将一晚上可以输掉五六十万元，对我们这些手下打工的，却斤斤计较。要是把那些输掉的钱发给我们当奖金，大家不知道怎么感谢他。资本家，太黑心了……”老爸愤愤然地说。

不久之后，我们也遇到了一个“黑心之人”，那就是我表妹。我们两口子业余想做点生意，于是找她批发点服装。她倒也作爽快状，声称给我们特惠价，只有近亲才能享受的价格折扣。可是后来我们私下去批发市场摸行情，她给的价格一点不便宜，我们找陌生批发商砍价，说不定都能比她给的价低。

“这段时间炒股亏掉了七八十万元……”那天听表妹在电话里诉苦，我暗自高兴。该！要是她肯让出这笔钱的十分之一，支持我们创业，我们不知道怎么感谢她。现在，我们觉得这是上帝在对她进行罚款，罚她没有一点人情味。

然而，这段时间我们炒股也亏掉了三四万元，反思一下，我们自己似乎也不是“好东西”。这三四万元要是拿去孝敬父母，不知道他们会多高兴。平日我们买个上千元的物件给父母，都会心疼好半天，亏给股市，倒踏实了。

其实凡事琢磨一下，原有的“怨气”很容易消散。大老板手下员工多，控制成本是他的必修课。打麻将输钱，他承受得起。如果给每个员工都提高待遇，或许他的产品就没有价格竞争力了。而表妹，商人的职业习惯决定了她不能心慈手软，如果照顾亲戚养成了习惯，这种柔软的心态，估计 PK 不赢如狼似虎的竞争对手。至于我们，炒股是为了赚更多的钱，这样其中有一定比例可以用于增加对父母的孝敬。如果一次拿出三四万元本金给父母，这笔钱就没有赢利之可能了，无异于杀鸡取卵……

多一些思考，就能多一分理解，少一些愤愤不平。生活中，我们需要经常提醒自己“且慢愤怒”。

点评

虽然市场经济已经许多年了，我们思想里的小农意识依然挥之不去。我们总会有意无意觉得亲友之间不应该计较金钱得失，情义值千金，你有钱了，给我们一个零头又有什么？然而这只是穷人的想法，很少有富人愿意这么想。生活中我们都喜欢追逐时尚，生怕被视作“老土”，思想观念上我们也应该有这种精神，不要死抱过时的想法不放。

穷人的形状

《马路天使》《一江春水向东流》……中国电影里的穷人，基本都是好人。他们善良、勇敢、聪明，而富人大多尔虞我诈，奸猾却又弱智。20世纪80年代前出生的若干代中国人，都是看着这样的电影长大的。

小时候，我觉得当个穷人还是不错的。虽然生活紧巴了点，不过大家和谐相处、其乐融融，比富人们整天钩心斗角快乐多了。我这个理想最终实现了，尤其买了套二手房后，从此更是体验到了当穷人的滋味。

我所在的小区，原本是市郊一个村落，十年前押地做起了一幢幢经济房。那时节，许多人对单位分房还抱有幻想，虽然经济房房价很低，却也没能吸引多少人购买。于是原住民中三分之一是押地村民，三分之一是外来小生意人、打工者，另三分之一是不得不买房的本市住房困难户。

一晃几年过去了，随着城市迅速扩大，小区被划进了中心城区。随着房价翻了好几倍，小区里的居民成分也发生了一些变化，一部分业主卖房重新买了新房，一部分白领因为买不起新房，便将就买了这里的二手房。

“你也住这儿来了？”刚搬进来没几天，竟然在小区遇到一个熟人——张白领。张白领见到我，就如同难兄难弟般亲切，一下子向我倒了不少苦水。他说自己也是去年才搬来的，后来买了辆便宜小汽车，不料因此惹得不少邻居妒火中烧。他的小车停在楼下，隔三差五就会遭到一些破坏。不是车身被划伤，就是反光镜被偷，有一回居然少了个轮子……

“我看这小区里车挺多的，不会都被人破坏吧？”我说。

张白领告诉我，那些破坏者是看人下菜碟的。那些土著村民的车，没人敢动，因为这些人随便就能在小区里召集几十个亲戚，搞不好就要动粗；还有些人是混黑社会的，更没有人敢惹。而小白领们就不算什么了，偏偏他们比一般居民有钱一些，所以经常被“仇富”。

黑社会？在我想象中，这是个潜伏职业。不料和邻居们相处才几个月，就了解到×××是沙霸、×××是啤酒霸……

“不会这么儿戏吧？”我听到这些信息，往往像多隆看到街上天地会分舵的招牌一样，吃惊不小。不过这些信息的传播者往往说得眉飞色舞，陶醉其中，就像宋朝瓦舍里的说书人。听得出来，这里许多人很羡慕这些“黑英雄”，羡慕他们吃香喝辣而且有面子。至于事情是否真实？夸大其词是肯定的，起码真黑到了多少钱，肯定不会住在这样的低档小区里。

小区里确有不少人每每与人争执，喜欢打架斗殴解决。不过大多数人还是君子动口不动手的，比如我的邻居老王。有一回我见他与楼下大刘为一点小事扯皮，老王硬是在十分钟的发言中，融入了“三个代表”“和谐社会”等多种理论。从表情上看，老王很严肃，然而他说的那些理论与他要表达的东西根本挨不上。看得出他想学着打官腔压制对手，可是退休前他只是个正式在编的清洁工，显然有心无力，显得很滑稽。

“我堂弟姐夫的连襟是娄知县!”还是这种表达方式，在邻居吵架中更为常见。

“读书明事理，温饱知廉耻。”在小区住上几年，就会发现还是这句话比较靠谱。如果一个人处于“槽里无食猪拱猪”的环境下，要想高尚起来，着实很难。

夏日傍晚，小区中央草坪上挤满了人，地上废纸、狗屎、小孩的粪便随处可见。附近一个新小区里，大小差不多的草坪上，三五对情侣在长椅上闲聊，偶尔见到几个牵狗散步的居民，手里都拿着一个装狗屎的塑料袋……

老王说那个小区住着不少贪官、奸商，且不说这是否是老王的仇富之言，起码那里的富人们看上去彼此相处和谐得多。可见穷并不是一种很好的生存状态，一个社会中的大多数人不再是穷人，才会真正和谐起来。

点评

“贫穷不是社会主义”，是中共党史上的80句口号之一，是1987年4月26日，邓小平在接见外宾时提出的。只要有一定底层生活经验的人，都会由衷地感受到这句话的准确性。物质文明是精神文明的基础，逐步消灭贫穷，和谐社会才会真正到来。

穷人不是天生弱智

朋友是个穷人，无房无车，好在有一支笔，糊口尚无问题。朋友最擅长的写法是站在富人的角度斜视穷人，列举出富人的种种睿智和穷人的种种愚钝，以此证明存在的就是合理的。朋友说他研究的是成功学，具有讽刺意味的是这样的成功学作者是穷人，读者也是穷人，富人本身对此根本不屑一顾。

前几年国企改制，下岗职工很多，不少市民生活遇到了一定的困难，社会各界都在讨论怎样做点实事帮他们摆脱困境。本地一作家也非常热心，请假一个月去卖菜。别的菜贩都是在批发市场拿货，他每天凌晨 3 点就出发，多骑几十里地的车直接找郊县菜农采购，这样利润自然翻了倍。回到城里，他又比别人多守几个小时的摊，一个月下来算一下收入赶得上一个中等白领了。第二个月作家的感慨便发表了，他觉得下岗职工是因为懒才穷，其实城里到处有黄金。此文被一些真正的穷人看到了，个个嗤之以鼻，都说那小子只干一个月临时菜贩，所以敢这样透支体力，让他这样干几年试试，不“过劳死”才怪。

不久前看到一篇关于名人教子的文章：某名人用自己的特殊教育方法培养儿子，因此儿子虽然才华出众但只有小学文凭。儿子 18 岁那年，名人送他一辆小汽车要他从此自谋生路。然而儿子没文凭，处处碰壁。名人便指点迷津要他不计报酬，300 元月薪也干，一年以后儿子的才华终于被认可，当上了一家报社的主管……

看了这篇文章，我那穷人叔叔深受启发，可是依然要他儿子读死书考大学。“我没有小汽车可以送给儿子，所以不敢冒那么大的险去彻底地素质教育一把。等我老了也没钱给儿子增加底气，300 元月薪养不活人，我儿子恐怕是没办法去干的……”名人的思想虽然先进，往往只能供穷人欣赏，不敢效仿。

在下面装了安全网的独木桥上行走，以此嘲笑穷人没胆量冒险。用事后诸葛亮的“智慧”去讽刺穷人的傻……某些成功学家真是有一套怎么说都头头是道的手段。

好在现在的老百姓都不是那么容易糊弄的了，他们都知道穷人中每年都在诞生出许多富人，富人中每年也有许多变成了穷人。穷人不是天生弱智，富人也不是天生聪明。对于富人，我们不应该仇视，也不必盲目仰视。

点评

丑化穷人、神化富人，这是近年来诸多成功学著作最容易犯的“职业病”，透着势利眼气息。其实人生而平等，智商上并没有悬殊的差异。许多时候，穷人、富人之间的思维差异，只是各自所处形势不同造成的，不必刻意去进行丑化、神化处理。

文人与钱

在中国，文人与钱似乎一直势不两立。文人不清高，文章品位好像就值得怀疑；至于钱，那是商人的追求，无商不奸，所以钱也就成了“阿堵物”。

忽一日，市场经济了，一些与时俱进的文人迅速转变观念，在文人与钱之间搭起了一座座立交桥。

“鲁迅的稿费换算成人民币，好几百万元呢！要不他怎么能写出横眉冷对千夫指的文章?”有人审计出了鲁迅的财务状况。

“韩愈帮别人写碑文，银子赚得海了去了!”也有人更厉害，穿越到唐朝去审计了韩愈。

于是，没有钱便写不出好文章，这成了大约也并不十分错的理论。

“我这个月稿费不行，才一万多元！唉……”前些天文友聚会，席间有人唉声叹气。她的叹息似乎是发自内心的，然而脸色中却掩不住一丝得意。如同抛砖引玉，同桌另几位也发出了类似的唉声叹气。

一年十几万元，在内地城市也颇颇过得了，可是如果要晒，似乎底气又有些不足。身边不少小生意人，比如批发个纽扣、拉链之类，一年就能挣个二三十万元。他们也经常觉得自己穷，而且有时并非矫情，因为他们或许去看过几处两万多元一平方米的好房子，觉得自己买不起。

一般而言，平日社交面较广的文人，晒过稿费之后，很快就会有些落寞。比如参加几次同学聚会，过年走亲访友一番后，文人们会发现靠写稿是没法在钱上与人 PK 的。而且赚同样多的钱，写稿要比做生意，或者有份好工作，累得多。

“咱是搞文学，不光为了钱，主要是一种精神追求。”面对没文化的有钱人，晒稿费的文人往往只能重新用“清高”来保护自己。然而现在但凡要写出点经济效益，就不能太文学。越是快餐文化，往往稿费来得越快。不过守着一堆没法让人回味的快餐文字，所谓精神追求又没有了多少底气。

穿长衫却又站着喝酒，这便是现在许多文人的尴尬境地。一心去写“红楼梦”，很可能在贫民窟住一辈子，潦倒一生，为亲友不齿；写俗文字换稿费，又不可能大富贵，甚至极难中产。虽然比上不足比下有余，可是文人脆弱的自尊心难免让自己纠结不已……

文人与钱，真是一对冤家。于是有些文人怀念起了计划经济年代，那年月钱不重要。而论虚名，文人比其他类型知识分子更容易得到。

点评

文人大多数属于穷人群体，但不是其中最穷的。在穷人中，文人最具话语权，因而文人的生存状态可以作为标本，用于研究一个时代的概貌。

幸福感

母亲去老家住了一阵子，回来之后对家乡赞不绝口。母亲的老家位于浙中一座小城市郊，舅舅和姨妈们都在城里上班或经商，晚上回到村里。他们工作时间是市民，休闲时间则是村民。

三舅应该算是当地村民中的“标本”，他在城里一家企业当工程师，年收入大约十万元；三舅妈是小学老师，一年下来工资、奖金也有七八万元。另外，他们家在村里承包了一个池塘，雇人养珍珠，收入就不好估算了。三舅的家境在村里属于中等，他的兄弟姐妹中最不济的，两口子月收入合计也有万把块钱。

“村里家家房子都像别墅，大多数人家都有小汽车。没有人装防盗网，夏天晚上开着门睡觉，从来没有被偷过东西……乡亲们都说现在的政策好啊！”母亲向我们描绘了一幅桃花源般的小村景象。对于家乡的和谐社会环境，母亲尤为向往。

“乡下一个村里彼此都是亲戚，谁好意思偷来偷去？外来的人一眼就会被认出来，当然更不敢进村胡来。”父亲对于母亲嘴里的“夜不闭户”不以为然，认为全国农村大概都是如此。今年过年，我去本市市郊，我妻子的二姨家拜年，终于可以验证一下父亲的说法了。

“怎么会没有小偷？多得很呢！”妻子的二姨笑道。她说村里的高压线、电话线一年要被偷好几次，变压器也被偷了两回了。前阵子她家买了辆摩托车，停在家门口一顿饭工夫就永久性地失踪了……

虽然治安状况堪忧，不过包括二姨在内，村里人对于现状却都还满意，因为只要不太懒，日子过得还是不错的。二姨夫在广州打工，一个月能挣四五千元；二姨在家附近一家大国企当临时工，月薪一千七八百元。比起我母亲老家的村民们，这里的村民收入低得多，不过与本市市民相比，收入差距不大。最让村民们有优越感的是他们住着很便宜的私房，而许多城里人一辈子不吃不喝，不一定买得起一套像样的两居室，所以他们比城里人敢花钱。

二姨家没有私家车，拜完年后，她说找个熟人开车送我们回去。

“那人热心快肠，常常开车带乡亲们进城，一分钱不收。”二姨说。不过她又说那人没有正当职业，据说不时进城以偷窃为生，手头倒是挺宽裕。

“这样的人，你们不怕？”我很惊讶。

“怕什么？大家都觉得他人挺好的，又不偷我们的。”二姨不以为然。我顿时有点明白了为什么这里治安比我母亲老家差得多，不仅有经济上的原因，也有民风民俗的差异。

相比我周围的市民，许多城郊农民幸福感强得多，这其中房子是个很重要的因素，后顾之忧往往是“幸福杀手”，一辈子被房子牵制，难免活得累。而物质生活较为宽裕之后，文化层面的因素又影响到幸福感的质量，二姨他们村里治安不好，很大程度也是自己造成的。他们在物质生活上追上浙江农村，也许几十年够了；而要感受到真正和谐的幸福感，还须更长时间的文化熏陶。

点 评

幸福在哪里？对于发展中的中国，幸福最基本的条件是经济上的安全感，所以城郊农民会比城市贫民更感幸福。在此基础上，便是道德水平普遍提高，由此带来人们的和睦相处，安定团结。

幸运的悲剧

一个女人死了，死得很惨。那天下午，她在马路边的人行道上走着，忽然一声巨响，一块巨大的预制板压在了她身上，结束了她四十多岁的生命。这块从天而降的预制板，来自旁边正在拆迁的一栋楼房。

消息传得很快，在记者来到之前，事故或者故事的情节，已经丰富得足以写出一部中篇小说。据说这位妇女早年离异，独自带着女儿相依为命，女儿如今还在上中学……

马路边站满了人，就是鲁迅小说中所谓的“看客”。可是这回，这些看客们并不可恶，其中有几位妇女还流下了同情的眼泪。另有几个爷们义愤填膺，痛骂拆迁办，他们也并不是死者的亲友……

第二天，事情见报了，传说也进一步丰富起来。传说死者那天本不会出门，是和家里某亲戚吵架，心里烦躁，这才上街走走，散散心。传说她嫂子当时陪她一同去散步，走着走着，她嫂子掏口袋掏掉了一样东西，俯身去捡。等她起身时，她小姑子已然消失在视野中……

“这都是命啊！”传说完毕，传播者、听众往往发出这样的感慨。不过听楼下刘大爷说，他当时就在现场附近，根本没有看见传说中的“嫂子”。想想也是，若是预制板压下来的范围包括“嫂子”站立的位置，她即使弯腰也难逃一劫；假如不包括，她不弯腰也压不着她。传说往往经不起随便想一想，不过大家都不愿意去想，宁可相信“命中注定”。

死者的亲戚并不多，然而第二天，她出事的马路边，花圈已然绵延出一道景观。不少人自发替她去拆迁办理论，据说都是附近拆迁区域的居民。为了补偿费，他们原本已经和拆迁办僵持了一段时间，这次的事故无疑又产生了一个新的题材。

若干天后，死者的赔偿方案下来了，传说有四十多万元外加一套房。

“乖乖，加起来不老少啊，快赶上外国人了。”一时间，许多人啧啧连声。想起附近的王大爷，去年被公共汽车撞死，组织亲友团闹了个把月，才赔了十八万元。前年辛寡妇……

悲剧似乎渐渐演变成了悲喜交加的情景剧，参与讨说法的人们也都产生出一种自豪感。“若不是我们抱不平，她家只有一个孤女，结果会是这样吗……”

“在外面走路尽量不要沿着房子走……”现在每天出去上班，老妈总要叮嘱我们。渐渐地，一切恢复了平静，没人继续议论这件事了。

点评

坏事变成好事，这是国人常用的辩证法。坏事真的那么容易变成好事吗？许多时候只是视角不同而已。比如得到一大笔钱之后，失去的生命好像就不那么可惜了，这种想法太普遍了。

当土豪遇到兄弟

阿凡找工作找了一年多，依然没有找到。阿凡以前在一家效益不好的事业单位工作，扣除各类保险、公积金，月薪的现金部分也就两千元左右。于是他便停薪留职了，之后每月撒出简历若干份，偶尔能得到面试机会，一年有两三次被录取。

“操！才 3000 来块，扣除上下班交通费、早餐午餐费……还剩个毛啊！”阿凡每每了解到有关薪酬的详细信息后，往往觉得受到了侮辱，拂袖而去。

“就你这资历、学历，在本市也就这待遇，再挑几年，也不可能有好工作，除非你爸是×刚……”朋友们劝他。

然而他爸只是普通国企工人，他妈一贯作风正派，肯定不会有意外的“亲生父亲”相认。好在老两口宠儿子，给他买了辆八万多元的草根车。于是阿凡加入了好几个车友群，于是认识了土豪迈克尔陈。

迈克尔陈开着一辆价值 150 多万元的越野车，和阿凡一样都是 80 后。迈克尔陈喜欢喝酒、喜欢说粗话，和阿凡在一次聚会上一见如故成了好友。

“天啊！我和土豪做朋友了！”相当长一段时间里，阿凡沉浸在喜悦之中，这简直和灰姑娘邂逅王子有得一比。我们也很替阿凡高兴，看来他的人生道路很快就会引来转折。

果然，迈克尔陈通知阿凡去上班了。

“他来找了我几次，差不多是三顾茅庐。我这人讲义气，有忙不能不帮，最后答应他了！”阿凡是这样说的。我们觉得阿凡并非特殊人才，三顾茅庐似乎太客气了，不过各花入各眼，也许土豪觉得他是奇才。

阿凡的职务是“仓务助理”，主要工作是将货物从货车上搬下来，背到仓库里码齐；分店派人来提货，他就将货再从仓库背到车上去……

“贵公司真够文雅的，这‘仓务助理’不就是搬运工吗？武汉叫‘扁担’、重庆叫‘棒棒’。”一位朋友打趣道。

“唉，每天累得腰都直不起来，回家倒头就睡着了。”上班后，阿凡常常在QQ群里唉声叹气。

终于捱到了月底，阿凡领到了两年来第一笔工资——2500元。阿凡气呼呼地去找迈克尔陈理论，人家请他到路边吃了顿烧烤，阿凡就被洗脑了。

“咱不是老板、打工仔的关系，咱是兄弟啊！斤斤计较，还谈什么义气？”阿凡对我们说。

此后，阿凡依然不时地抱怨，比如工作餐太差，和牢饭差不多。经常加义务班，每月只休息2天……可是人家土豪兄抓住了他的“七寸”，每每以“义气”“兄弟”感人，阿凡居然干了一月又一月。

看来和土豪交朋友不一定能得到好处，人家既然能成土豪必有过人之处。比如那位迈克尔陈，居然能从比他穷得多的人身上榨出油水，这般身手不成土豪也难。

点评

“土豪”的近义词是什么？有人会想当然地想起“土匪”。虽然两者都是“土”字辈的，可并不是亲兄弟，顶多在外形上有点像而已。土豪虽土，但通常不是没脑子的主儿。他们既然属于“土”字辈，说明并没有祖上富贵的根基，能够“豪”起来全靠自已，没一定的手段是做不到的。

土豪也可怜

毫无悬念，“土豪”当选2013年年度热词。国人习惯了非黑即白的思维模式，于是便有人热烈争论“土豪”是褒义词还是贬义词？褒义词派说大家都喜欢和“土豪”交朋友，可见“土豪”属于成功人士，让人羡慕嫉妒恨；贬义词派论据更充分，土豪在历史上一直和劣绅、恶霸是近义词……其实在目前语境下，“土豪”的褒贬意味已经很淡，它只是一个有趣的词。

虽然没有进行过调查统计，不过我一直相信国人中相当多的人拥有“土豪”基因，比如我楼下邻居老王。《围城》中有位陆子潇，他的书桌上常年放着两个信封，一封寄往“外交部欧美司”，一封寄往“行政院”，这两个信封是用来给客人参观的。老王深得陆老师真传，而且做得更为隐晦。楼道里，他房门口的地上，常年躺着一两个香烟盒子。通常不是“中华”就是“芙蓉王”，100多块钱一包的。我了解老王，他平日拿出来撑门面的香烟，也不过20元一包。何况日常抽得起100多块钱一包烟的人，根本不可能住在我们小区。

老王这样的人在市井中比比皆是，早在20多年前，那时我还住在弄堂里。邻居中颇有几位，每每家里买了好菜，就会端着碗站在巷子里与人聊天。别人看清了他们碗里的内容，一般都会赞叹几句生活过得好。这时他们便会满面红光，低调一番：“我只是想得开，身体最要紧!”可想而知，老王还有那几位老邻居一旦手头有了几百万元会怎样？肯定就出落成“土豪”了。

“土豪”带着一个“土”字，往往会让人联想到粗鲁、没文化，其实白领、小资只要条件达得到，一样会出落成“土豪”。

还是《围城》，里面有位经常参加苏文纨家聚会的小资女士沈太太。她说话间常有“Tiens!”“Ola，Ola!”这样的法文慨叹，身躯配合语调扭摆出媚态柔姿，言必称国外如何如何……时至今日，小资们的“形状”依然如此，从某些“高端”杂志上的小资随笔就可见一斑。这些小资一旦有了一大笔钱，同样会成为“土豪”，只不过表现形式与市井出身的“土豪”有所差异而已。

“那种号称不粘锅的平底锅，居然1500元一个，太贵了!”某次参与一个项目竞标，与甲方公司董事们共进晚餐时，席间一位香港董事说。据说她身价几十亿元，然而却会感慨1500元一个的锅太贵。如果换成内地“土豪”，无论市井还是小资出身，恐怕即便15000元一个锅，买后仍会自谦便宜货。

“三九天穿裤头，抖起来了!”对于“土豪”，这种描绘似乎最形象。之所以抖起来了，是因为温差大。一个富惯了的人，几亿元、几十亿元或许视若平常；乍富还穷时候，最难将息。富得有些突然，穷的感觉又尚未走远，自卑感尚未洗净，于是情不自禁就会作“土豪”状，挥金如土，显摆嘚瑟。

“土豪”也可怜，大多是压抑很久的心理疾病患者。

点评

土豪离不开“土”，而“土”是小农社会的标志物之一。三代才能培养出一个贵族，可想而知，当今中国内地基本还没有贵族，倒是盛产急切想与贫穷的过去划清界限的土豪。土豪是特定年代的产物，是社会转型期的标本。

B 面

那天几个朋友聚了聚，聚完之后一起去附近一个楼盘看了看。我们去那儿并非要买楼，那个楼盘是全城最贵的，我们买不起。我们之所以要去看它，是因为它曾经是一片老城区，我们青少年时代就是在那里度过的。

人造的小桥流水、人造的小树林、人造喷泉，有一点异国情调，也有一些江南水乡韵味。虽然感觉很混搭，不过还是很养眼的。

“都变成这样了？我们以前的家属区多好！虽然房子破了点，几家共用一个厕所，可是邻居之间亲如一家，就像都市里的村庄……”朋友甲感慨道。其他几位也随声附和，一时间大家似乎都陶醉于美好的怀旧情绪中。

“可是因为这也共用，那也共用。邻里之间不也经常扯皮吗？你们家和隔壁王家还因为互相怀疑对方偷水打过架。那年我们被棚户区那帮失学少年抢劫过 5 块钱，报了案，警察还很吃惊，几个人持刀一共就抢了那么点钱……”我对朋友甲说。于是大家都想起了我们那些美好回忆的 B 面，我们居住过的那片故居，曾经以脏乱差“闻名于市”。固然也曾有过星星点点的温馨记忆，但只是因为岁月久远放大了美好。假如有选择权，我们中不会有人想住回过去，人人都会选择如今这个虽混搭却养眼的小区。

“真羡慕他们啊，既没有领导也没有下属，没有那么复杂的人际关系。我真想辞职在这里摆个小摊……”某天文友大刘站在我家阳台上，指着楼下巷子里那些摊贩说。此刻，附近那所学院正在上课，摊贩们便都悠闲地晒着太阳聊着天，整个巷子给人其乐融融的感觉。

过了些天，大刘又来串门，正聊着，楼下人声鼎沸。我们来到阳台上俯身看去，两对夫妇女对女、男对男正在自由搏击中，不远处是两个倒在地上的大炉子以及散落一地的烧饼和葱……原来是两家烧饼摊因为争夺有利位置发生火并，类似的事情隔三岔五就会上演一出。

“你这斯文人，能有这拼搏精神吗？能在楼底下站住脚吗？”我问大刘，大刘曾经美好的想象就此灰飞烟灭了。其实文人大多习惯于想当然，所以诸如马原、洪峰去风景如画的西南山村隐居，都曾被当地人痛殴过。

世上的事情往往都有两面，比如丛林里小溪流水、天高云淡，令人向往；可是同时也会有毒蛇猛兽、有塌方、泥石流，充满凶险。看到美好的一面，可以让我们积极地面对生活；但如果刻意忽略另一面，你很可能被生活伤害。

人生原本就是美好和不如意互相交织而成，这正是其精彩之处。

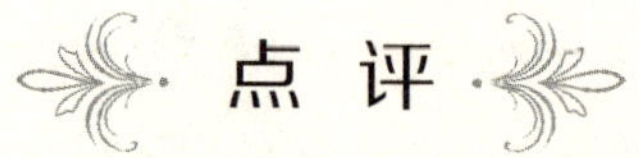

点 评

选择性失明是人类的常见病。所谓选择性，往往源于人性的脆弱，不敢直面当下生活中的种种不如意，于是“创作”出一个并不存在的理想世界，以供回忆或憧憬。然而虚拟的毕竟真不了，勇于面对真实的人生，才是正确的生活态度。

轨迹

这些年在多家公司工作过，于是如今便有了好几个同事群。不少老同事已经好几年没见面了，不过通过 QQ 群，彼此动态都很了然。

受网络冲击，杂志业近年来整体比较低迷，所以我曾经供职的两个杂志社，大多数同事如今已经改行了，但这两批旧同事的做派却大不一样。甲杂志的同事都是行动派，短短几年个个创业经验丰富。小刘开过游戏机吧，一年后就在网上低价转让游戏机；后来又弄了个水吧，没经营多久，又开始转让设备……小马开过小旅馆，小赵开过服装店……大多不成功。与之相比，乙杂志的同事们都是思想家。虽然大多也转行了，不过都在从事文字工作。小陈在广告公司当文案，天天加班，老是抱怨工作累、薪水低。她计划过开个网店，3 年了还没有开张。也曾想过帮人照料宠物，但不知道具体该从哪里做起。与小陈一样，其他几位也觉得文字工作既累又不赚钱，也都有这样那样的创业计划，但年复一年，始终是纸上谈兵。

为什么曾经的同行，两拨人性格迥异？我想了想，发现与各自老板的气质有关。甲杂志老板是位粗线条的中年女士，杂志主要读者群是校园少女，可她坚持要为杂志网站配上诸如

《最炫民族风》之类的背景音乐，因为她自己喜欢。可想而知，她主办的杂志号不准读者的脉，最终垮了。乙杂志老板性格优柔寡断，每每策划好了一个方案，总要再等等、再看看，犹豫着、犹豫着，杂志便每况愈下了。

不是一家人不进一家门，想必这两位个性鲜明的老板当初都是选聘和自己性格相似的员工。于是甲杂志的同事大多说干就干，毛糙鲁莽；乙杂志同事则思前想后，秀才造反三年不成。

有幸在这两家杂志干过，也许我身上兼有一些两者的特征，抑或我跟什么人像什么人。这两拨同事的人生轨迹，倒是给了我很大启示：要多和不同类型的人交流，这样才能明白自己该怎么做。对于老板，似乎更应该如此，就像吃得杂，营养才会全面。只选用和自己一样的人，是一种自恋，对于事业则很危险。

点评

挑食的孩子长不好，“挑食”的老板则做不大。即便打工，做一个普通人，也应该兼收并蓄，吸纳四方养料，这样生存力才会变得越来越强，才能捧牢饭碗。

假日信息病

春节和国庆节是每年最重要的两个节日，起码从放假天数看是如此。要说两者有什么共同点？它们都是资金密集型兼信息密集型节日。前者好理解，无论走亲访友还是出门旅游，都得花大把的钱；后者也很好解释，人来人往就会交换信息。于是“风乍起，吹皱一池春水”，惹得无数人心理产生微妙的波动。

花钱花多了让人心疼，信息太多则让人心乱。节日里最容易听到的信息，是××发财了，其中最让人心惊的是原本不起眼的××发财了。这类信息通常来自家庭聚会，或朋友间宴饮。除非你有很高的道德修养，听到此类信息，你是不大可能发自内心为××高兴的，反而心里会隐隐酸楚。如果你将这种酸楚表现了出来，就是“红眼病”；隐藏起来，还是“红眼病”，只不过是隐性的。

通常人们所说的“红眼病”是一种负能量，有的“红眼病”病人会在背后诋毁眼红对象，有的如果有机会还会害人家一把。有人说“红眼病”也可以变成正能量，那就是见贤思齐，向人家学习。其实生活中确有不少人正是这么做的，结果却不一定好。比如我表弟，前年国庆节家里聚会，听说某亲戚在高校附近开钟点旅馆发了财。于是很快照葫芦画瓢，筹集百余万元也开了一家，一年多就倒闭了。同行不同利，每个人的各方面条件不同，即便见贤思齐也得审时度势、量力而行。

除了财富信息，人际关系的微妙也容易让人们在假期产生信息紊乱感。以往大家都是穷光蛋，一个大家庭里若有几个人互相合不来，多属于性格、气场不合，没有大不了的矛盾。如今则不同，许多人家都有拆迁、遗产之类的矛盾点，节日里兄弟几个聚在一起，常常只是为了老人高兴。“搁置争议，营造节日气氛”，岳父家每回家宴前，大家彼此都会心照不宣地约定这个主题。然而几乎每次散会出门后又增加了新的不痛快，原因在于老大听出了老二话里有话，老二感觉老三绕着弯子在骂自己……

“其实哪有那么复杂，他们只不过互相过度猜测对方，事先把对方当假想敌，所以听什么话都觉得有‘内容’……”作为旁观者，我老婆总结道。

都说过节比上班还累，累就累在信息太多，让人消化不良。其实还是粗糙点好，过自己的日子，不操不该操的心。

点评

无论短跑、长跑都会有对手，比赛时难免互相用余光打量对手，以此调整自己的步伐。可是切不可过于关注别人，除非你跑在最后面，不然你老盯着别人看，肯定是会自乱阵脚的。

总 结

无论什么时代、什么国家，相对意义上的穷人总是占大多数。以往阶级斗争的年代，我们总是觉得穷人坦荡荡、富人常戚戚。富人固然也会有各种各样的烦恼，可是穷人真能穷快活吗？大家琢磨一下，都会有自己的答案。

穷人的烦恼想要化解，无非两种渠道：会干、会想。会干就是努力奋斗加方向正确；会想就是在还没有脱贫之前，在心理上给自己一条活路，别把自己逼得太紧、太累。

第二辑

幸福不是财富，而是一种选择

假如老天再给你一次“抓周”的机会，怎么办？你应该少抓一点东西，有便宜的就不要等着抓免费的，有“钱途”不要想着还能抓个“保险箱”在手里……现实生活中，小手掌往往才是“大力士”。

穷，何必赖在富人堆里

日本学者手岛佑郎的演讲《穷，也要站在富人堆里》，讲述了这样一个故事：犹太人的孩子几乎都要回答母亲同一个问题："假如有一天，房子突然起火了，你会首先带走什么东西?"如果孩子回答是钱或钻石，那么母亲接着问："有一种无形、无色，也无气味的宝贝，你知道是什么吗?"要是孩子答不出来，母亲就会说："你应带走的不是别的，而是这个宝贝，这个宝贝就是智慧。你只要活着，智慧就永远跟随着你。"接着手岛佑郎总结道："这就是犹太商法，也是《穷，也要站在富人堆里》的灵魂！穷人只有站在富人堆里，汲取他们致富的思想，才能真正实现致富的目标。"

没有看过手岛佑郎这次演讲的全文，不知道这段话是不是断章取义？总觉得那个故事与推理出来的结论之间联系得很牵强。而且智慧有许多种，不只是与财富有关的智慧才算得上智慧。

这样一个演讲题目在日渐浮躁的社会致富心态下显然是大受欢迎的，《穷，也要站在富人堆里》又演绎出许许多多相关"产品"，比如那个著名的测试：一次开会，某个智者对在场的其他人说："请大家写下和你相处时间最多的6个人，记下他们每个人的月收入。从他们的收入我就知道你的收入了。为什么？因为你的收入就是这6个人月收入的平均值。”智者的结论是：一个人的财富在很大程度上由与他关系最亲密的朋友决定。

再后来，为了验证《穷，也要站在富人堆里》的正确性，第三代“产品”闪亮登场，这次祭出了真人版。可怜的微软副总经理保罗·艾伦被描绘成一个平庸的家伙，可是他在《福布斯》富豪榜上名列前茅，个人资产达210亿美元。保罗·艾伦是一位“一不留神成了亿万富翁”的人，他唯一做过的一件有意义的事情就是学生时代就给比尔·盖茨当跟班，一个与一个注定要成为亿万富翁的人交往，自己怎么可能成为穷人呢？

说过来，说过去，这些进口的“真理”国内早已有之，无非是将“交朋友要交比自己强的”用“进口材料”包装了一下。其实不用宣传，每个人内心里都或多或少有攀附强者的心态，不仅仅是思维方式上的攀附。这些所谓美文、哲理只不过让那些攀附行为从市井小民的功利思想升华为了“时髦”思想。不过无论思想是否时髦、前卫，有一点至关重要，那就是这种思想有多少可行性。你穷，要站到富人堆里吸收“养分”。可是你眼里的富人在比他更富的人跟前还是穷人，所以他们没有时间，也没有义务陪你解闷，他们也要站到更富的人堆里去……

只能与强者交朋友，那么大多数人注定没有朋友了。因为强者如果和你这个弱者交朋友，按照那种“最亲密的6个朋友”测试，他的收入岂不要被你拖下水了？人人眼睛向上，看到的肯定是一个个比你强的人的屁股，而不是脸。

足球比赛从丙级到甲级，你首先需要在自己这个级别里打出成绩才能一级级升上去，你接触最多的肯定是自己这个级别的队伍。生活中也一样，作为穷人，你能站到富人堆里固然也不错，可人家不想让你蹲在旁边，或者趴在旁边，你也大可不必勉为其难。

打铁还须自身硬，抱着“秃子跟着月亮走”的思想，即便你能沾到光，也得靠天气。阴雨天，月亮不出来，你怎么办?穷人傍上富人，相当于借东风，确实可以省力不少。不过好舵手使得八面风，自己的能力才是最重要的。

点评

成功学的流行，造就了市面上许多山寨理论，基本上都是挟洋人、名人自重。诸如“最亲密的6个朋友”测试，未必就是洋人弄出来的，这类玩意儿倒更符合国人思维模式。骨子里，相当部分国人格外期待贵人相助，有此思想的外国人倒并不很多，尤其西方人更崇尚个人奋斗。

生活在别处

有一部小说曾经非常畅销，书名叫《生活在别处》，作者是捷克人米兰·昆德拉。这部情节并不那么曲折的小说之所以会让追求时尚的年轻人喜爱，很大程度在于书名引发了一种对于人生状态的思考。

米兰·昆德拉生长于一个小国，在他看来这是一种优势，因为身处小国，“要么做一个可怜的、眼光狭窄的人”，要么成为一个广闻博识的“世界性的人”，他本人显然属于后者。他学过作曲，青年时代写过诗和剧本，画过画，从事过电影教学。总之，用他自己的话说，“我曾在艺术领域里四处摸索，试图找到我的方向。”

时代发展到了今天，对于处于大国环境下的中国人同样可以分成两类：一类在一个地方一个单位生活了一辈子，当然我们不能说他们都是可怜的、眼光狭窄的人，安逸、稳定也是一种不错的人生状态。另一类则想成为“世界性的人”，他们在不断试图改变自己的人生轨迹。

“我正式加入南漂一族了。”前年某天，QQ 上突然冒出这样一条信息。前些天还在本地一家国营单位当小头头的小王，居然这么快就去广州市郊租了房子办起了文化公司。

“杂志不是那么好做的，租用一个刊号每月就得一万多元，加上其他费用……而且杂志消费群体正在被互联网等新媒体分化，读者普遍减少，广告更是越来越难拉。”作为业内人士，我告诫他。

“不会吧？我有几个熟人都在做杂志，都不错啊！总比搞个啤酒批发部、开个餐馆体面、有意义一些吧……”他显然不同意我的看法。

隔行如隔山，人们对于不了解的“体面”行业总会习惯性地在心理上予以美化，用过去的印象去认识已经发展变化了的事物。另外，有些人虽然对困难有所了解，但对自己盲目自信，会以行业中的佼佼者作为参照物，得出乐观结论。殊不知你只是一个新手，“菜鸟”而已，在一个“二八”“一九”的行业里，你有什么把握使自己成为“一”“二”的大赢家，而不是“八”“九”的垫背者？

一年多过去了，小王努力了，可是公司的发展远不如他预计的那么顺利。投入了资金，付出了几倍的精力，收入似乎还不如在单位当小头头多。

“现在有大学生毛遂自荐上门求职，我总是劝他们不要做什么文化工作了，现在做文化不赚钱，还是去当业务员，说不定两三年后能发达起来……”小王对我说。

“跑业务能赚大钱”，在做杂志的同行中，我常常听到这样的言论。好在我以前做过三年业务员，知道经营职位更是“二八现象”最明显的地方，百分之二十的人赚了百分之八十的钱，剩下百分之八十的人境遇可想而知。你会说有信心成为百分之二十，我不禁要问：“为什么呢？”仅仅因为你有热情？别人就没有吗?

生活在别处，固然可以让人生充满新的憧憬，不过对于没有当作家打算的人，这并非好事。王石说过：张茵女士一辈子都在从事与纸有关的事业，她成功了，成功就在于少走了许多弯路。人生短暂，有多少“别处”来得及让你去体验？还是赶紧安顿下来吧。

点 评

“百度依赖症”是很多年轻人都有的网络病，什么事不明白，问百度啊！可是百度的回答中，许多来自热心且外行的网友，他们的回答往往会误导他人。生活中，我们也经常会遇到热心外行，以其昏昏，使人昭昭。有时自己就是这个外行，误导了自己。想要进入一个陌生领域，千万不能想当然，起码你要进去做一番相当程度的了解。

虚荣成本

闲时看了几集财务管理讲座《砍掉成本》，虽然这类讲座是给老总们听的，由于我曾经从事过几年财务工作，倒也能听得下去。在各种各样的“成本”中，有一种成本其实是社会性的，它不仅仅发生于企业之中，我们每个人的一生中都会被它拖累不浅，那就是“虚荣成本”。

婚庆的档次越来越高，名烟名酒的价格屡破天文数字……放眼我们的日常生活，“虚荣成本”似乎处处发挥着它的影响力。

有的老总坐着新款豪华“奔驰”，却要四处借钱付金额并非巨大的投标费。有识之士当然会批评他们这是打肿脸充胖子，国外不少顶级富豪身价数十亿美金还坐公车，吃快餐呢。有识之士的批评看似道理充足，其实忽视了中国国情。在中国，越是没有多少实力的老板越需要打肿脸，你本来就没有什么名气，如果看上去又很寒酸，谁会和你合作？所以打肿脸是寻求飞跃式发展的第一步骤，这种虚荣成本是候补暴发户不得不咬牙投入的，它的作用是让别人高估自己的实力。等忽悠到一两笔大买卖，自己渐渐成了真正的“胖子”，也许他们还要嚷嚷“减肥”呢。低调往往是成功者的专利，还在苦苦寻求成功机会的商人往往不得不虚荣。

与商人的“虚荣成本”相比，一般市民的某些“虚荣成本”是可以砍掉的，至少可以压缩。朋友小刘在一家外企工作，收入还算不菲，不过这种不菲只是相对于工薪阶层。前年他做出了一个惊人之举，东拼西凑首付百分之二十买下一套高档别墅。小刘的收入与月供相比大大超过了财务专家计算出的警戒线，不过他本人并不觉得此举涉嫌“虚荣”。他给了亲友们一套很科学合理的解释：房价肯定还会继续涨，面积买得越大，将来升值收益越大。别墅区里住的都是“高尚人士”，和他们为邻就是与财富为邻，以后彼此混熟了，随便哪个局长邻居、富豪邻居提供个机会，也许一笔改变命运的生意就落到自己头上了……然而，住进去不到两年，小刘的如意算盘就被他自己宣布落空了。房价看来要跌，而且二手房市场最畅销的是小户型。几乎没有哪个有实力买别墅的主儿会考虑买二手别墅，名家设计、名人居住过的除外。多余的房间如果用作出租，别墅的结构又很不好分割，且不安全。至于在“高尚人士”中建立人脉，别墅区里家家独门独院，大多数人出门就上了小汽车，根本无法交往……

其实“虚荣成本”之所以在人们日常开支中比例颇大，一方面，是传统的面子观念作祟；另一方面，现代人往往潜意识中期待付出的“虚荣成本”能得到回报。通过打肿脸式的付出，使原本瘦弱的自己拉近与“胖子”们的距离，以期得到提升自己社会地位的机会。

碍于国情，我们每个人似乎都不可能砍掉自己所有的“虚荣成本”，不过应该尽量控制在不让自己捉襟见肘的范围内。

打肿脸或许外人看着胖了，可疼的是自己。踮起脚看上去是高了几公分，可累的是自己的脚。

点评

芭蕾舞好看，可是如果要芭蕾舞演员踮着脚尖生活工作，恐怕他们个个会累死。我们中不少人就常常在生活中跳着“芭蕾舞”，虽然累得够呛，但始终不愿放下脚跟，怕别人看清楚他们的真实身高。其实群众的眼睛是雪亮的，谁会不知道你踮着脚？所以别费那事儿了，好好走路，好好生活吧！

幸福没有标准答案

有一个寓言流传很广，说有三个人要被关进监狱三年，监狱长准备满足他们一人一个要求。美国人爱抽雪茄，要了三箱雪茄。法国人最浪漫，要了一个美丽的女子相伴。而犹太人说，他要一部与外界沟通的电话。三年过后，第一个冲出来的是美国人，嘴里鼻孔里塞满了雪茄，大喊道："给我火，给我火！"原来他忘了要打火机了。接着出来的是法国人。只见他手里抱着一个小孩子，美丽女子手里牵着一个小孩子，肚子里还怀着第三个。最后出来的是犹太人，他紧紧握住监狱长的手说："这三年来我每天与外界联系，我的生意不但没有停顿，反而增长了200%，为了表示感谢，我送你一辆劳斯莱斯！"

寓言无疑是漏洞百出的，那个倒霉的美国人居然过了三年才想起来忘了要打火机。而法国人生了两个孩子不说，还能一家四口住在监狱，不知道牢房是否三室一厅？他们一家的生活费用是否监狱埋单？这样的牢谁都想去坐。

好在中国人听故事习惯了只注意中心思想，细节可以马虎凑合。这个寓言的中心思想是人生态度决定了人生幸福，反面人物是可笑的美国人、法国人，正面人物是聪明的犹太人。

同样这样一个故事，假如让西方人看会有怎样的效果？相信许多人未必觉得犹太人的选择是正确的，相当一部分人会觉得法国人这三年过得更加幸福，甚至美国人。雪茄、美女、钞票，在“务实”的中国人眼里，它们的价值一目了然，钞票大于美女，美女比雪茄划算。不过对于达到了追求精神生活境界的人来说，自己最渴望的东西才是最有价值的，它不一定就是钱。

如同寓言所说，的确是什么样的态度决定了什么样的人生。雷·克罗克得到了成为麦当劳帝国“国王”的幸福，麦当劳真正的创始人麦当劳兄弟得到一笔转让费后的悠闲生活也未必不是一种幸福，至少美国人不认为这哥俩是不思进取的懒汉。

人生的路有千万条，正确的道路不会是唯一一条。关于人生的问题，每个人都可以有自己的回答，幸福是没有标准答案的。

点评

虽然没有写过寓言，但我知道寓言创作一定是倒推的，先有一个结论，再去编故事。你编什么样的故事，喜欢读什么样的寓言，会反映出你是什么样的心态。一些致富寓言在中国格外流行，恰恰暴露了转型期的浮躁心理。千万别跟寓言学做人，寓言只是你潜意识的倒影，它根本不能充当你的导航系统。

两难的选择题

“愿用家财万贯，换个太阳不下山……”因为有这样一句经典歌词，这首歌成了许多保险公司开例会时必唱的“热身歌”。财富与健康，什么更重要？古人早就作了回答，当然是健康。钱算什么？“千金散尽还复来”，古人对此是豁达的，在钱与健康之间选择，除了中国文学作品中吝啬鬼典型的“严监生”，中国还没有其他舍命求财的典型人物。

到了今天，调查显示，超过八成老百姓最希望得到的还是“健康”，其次才是“事业”。按说健康与财富的问题已经无须讨论，完全呈现一边倒的状况，财富怎么可以和健康 PK？然而另有数据显示，中国人有 75% 睡眠不足，83% 感到压力过大。白领处于亚健康状态的比例超过一半，民工没条件参加体检，偶尔有一两家医院为他们免费体检，随便一检查身体有这样那样毛病的往往超过了九成。看来在健康与财富的单项选择中，人们常常行动与愿望背道而驰。

对于民工与底层市民，选择牺牲身体追求财富实在是出于迫不得已，他们能够追求到的财富只能维持基本生活，假如为了保重身体不去干苦、累、脏、险的工作，那么职业病、过度疲劳是不会发生了，可是人也饿死了。

至于白领，大多数在学生时代就是尖子生。竞争、出人头地已经是一种生活习惯，就像卓别林电影里在流水线上快速拧螺丝的装配工，有时候传送带突然停了，他们的手还会不停地去拧并没有到来的螺丝。

相比之下，富翁们应该可以享受生活了吧？事实上，他们的生活同样过得紧绷绷的。曾经和老板一起拜访本地一著名女强人。看她吃午饭时还在看合同，我们老板开玩笑地说："要注意身体啊，钱重要，命更重要啊！"女强人快人快语："命重要，钱也重要，没有钱活着还有什么意思？"说完，继续边吃边看合同。

财富与健康成为两难选择，相当部分原因是社会环境造成的。看看书店里那些畅销的励志书、富豪致富经验、成功秘籍，再看看滞销的健康、养生读物。置身于这样的环境，你不选择拼命求财，难免被人瞧不起。而这样的环境其实是我们每个人参与营造出来的结果。你盯着别人，别人也盯着你。我们不妨用自己的行动去影响别人，在追求财富的过程中稍微放松一下自己。这样互相影响，推广"放松"，直到大家都能习惯于一种能够让健康与财富达到平衡和谐的生活节奏。

点　评

"要钱还是要命？"这是强盗界常用的职业用语，现在却拷问着奋斗于社会上的每个人。正如哈姆雷特苦思冥想"生存还是死亡？"，钱与命也让芸芸众生纠结不已。对于大多数人，只能靠自己的人生体验去掌握平衡，就像骑自行车，没有人可以靠看书学会。

留一点后悔给将来

某个星期一的早上，平日看上去很沉稳的小王在电脑前坐立不安。一会儿皱着眉头做思索状，一会儿到走廊上踱步。或许因为我们关系还不错，到了中午时分，他终于忍不住告诉了我原委。原来他一年前向苏州一家公司投了份求职简历，一直没有回音。不料今天该公司突然发邮件，要他去面试。

“那是家外企，开出的工资是我现在的三倍。不过竞争这个岗位的还有几个人，我去了未必保证能被录用……”小王犯愁道。

千里迢迢去外地面试，弄不好面试失败，回来现有的工作也丢了，这的确是个难题。犹豫着，犹豫着，两天过去了。像大多数遇到这类难题的人一样，小王最终错过了面试时间，放弃了这次机会。

可想而知，以后的日子里，每每遇到工作上的不顺心，小王就会叹息当初应该去苏州。这让我想起了李商隐的一句诗：“此情可待成追忆，只是当时已惘然。”不过似乎不太合适，小王遇见的并非情感问题。于是换一段名句，“曾经有一份很好的工作放在我面前，我没有珍惜，等我失去的时候我才后悔莫及，人世间最痛苦的事莫过于此……”虽然也是套用情感文字，意思却很贴切。

工作也罢，情感也罢，乃至生活中其他方面。每个人一生中总会有类似值得后悔的事，这种后悔其实不一定让人遗憾终身，有时恰恰是心理良药。《围城》中，韩学愈、赵辛楣、方鸿渐都有大笔“财产”在沦陷区，“可惜”都没来得及带出来；曾经有许多美女追求陆子潇，可惜日本人来了都散了；他们大多数人都被外面的机构争相聘请，可惜自己清高不想去……于是韩学愈们只好躲在山沟沟里，陆子潇只好打光棍……

分析起来，给自己的将来制造一点“后悔”，这对于每个人都是很有意义的。这些“后悔”最好有点影子，又不太真。就像小王去了苏州未必被录用，录用了以后也未必会觉得实现了人生价值。可是，有了这段“后悔”，以后但凡有事业上的不顺，便有了心理上的安慰。不是咱不行，是没有抓住机遇，否则前途原本不可限量。

留一点后悔给将来，那么你在遇到各种挫折时就会像韩学愈、陆子潇一样有“韧性”，虽然他们不是正面人物，不过心理素质好那是值得学习。

点评

人间没有后悔药，这事看起来很悲催。可凡事有利就有弊，反之亦然。正因为没有后悔药，我们不必反复“倒带”重演过去，累死自己最终也未必得到幸福。正因为没有后悔药，我们可以肆无忌惮地后悔，并意淫出美好的后悔结果，以此自我安慰：咱也是有机会混出来的！这种意淫对他人无害，于自己健康有益，无可厚非。

农妇、山泉、有点田

有几个朋友近年炒股颇赚了些钱，谈及收益用于何处，几乎都倾向于买房。看来吾辈想指望炒房族提高觉悟，或者年轻人不当房奴当租客，是大有难度的，房产需求之旺盛非几年可以降温。

对于炒房谋利者姑且不论，人家有钱，咱没法按住人家掏钱的手。而年轻人结婚必买房、必买大房、必当长期房奴，这是一些经济学家经常批评的，为什么不能学人家韩国人租房一生？为什么不和欧美年轻人接轨？这些经济学家的观点大多有一定道理，不过作为经济学家，对于本国文化、历史、民俗假如没有多少研究，那么他的言论屡屡挨“砖头”是难免的。

网上曾经有个段子很流行，说大学毕业生对于未来的要求只有七个字：“农妇、山泉、有点田。”从这种调侃中可以看出一些社会心态，食色之外，“有点田”是许多人的向往，落实到城市居民就是有套自己的房子。或许这种理想很容易被理解为小农意识的流毒，但财产带来的安全感是中国人与生俱来的“遗传基因”。中国历史上就是个自然灾害频繁的国家，防病防灾观念之强在世界上名列前茅。拿什么去防那些危及生活的潜在风险？可以保值、变现的财产当然就是首选，所以再穷的人家没有房屋就几乎不能称之为“家”。

在旧时候，另一个承担抗风险任务的资产就是金银饰品，鲁迅笔下的少年闰土虽然家贫，却也有一个银项圈。许多普通人家代代相传金银首饰，装饰功能在其次，备不时之需是主要的。

时至今日，洪水、干旱对于国民已非灭顶之灾。不过对于生活风险的顾虑依然是大多数人都有的。试想租房一生，且不说频繁搬家的不便，手头的资金也难以找到保值渠道，一旦遭遇失业、重病等个人和家庭重大变故，没有可以抵押、变卖的东西，难免会觉得头顶悬着“克利达摩斯剑”，过不安生。无论多新潮、多时尚的男女，一旦组织了家庭，对于家庭经济安全的考虑总是第一位的。

针对此种国民心态，要想让大家敢于租房过一生，首先当然应该拿掉那把“克利达摩斯剑”，不断提高社会保障覆盖率和质量水平是必需的。如果失业能不啃老，大病能不卖房，那么租房起码会是一种具有实际可行性的选择。另外，对于那些具备一定条件的人，多拥有一些个人财产也是值得肯定的。家庭是社会的细胞，大多数家庭都渐渐不再“无产”了，整个社会无疑就会更加和谐。在任何时代，财产都具有家庭经济稳压器的作用，能够让家庭更加平稳地运转，使家庭成员更有踏实感、幸福感。

“农妇、山泉、有点田”听起来有些粗鄙，不过内容其实挺实在的，老百姓过日子面临的都是些实实在在的问题。

点评

相比于“老婆孩子热炕头”，“农妇、山泉、有点田”要求可不算低。在自然环境日益恶化的今天，不仅“有点田”不容易，连“山泉”都不易得了。所以我们不必去嘲笑这个梦想的卑微，踏实的梦想才具有正能量。

赚的是不寂寞

前年初，一个朋友卖给我一条边境牧羊犬，当时市场价是四五千元。友情抵扣了三四千元现金，他实收了我八百元。

“边境牧羊犬是智商最高的狗，这两年市面上越来越流行了。你养它可不是单纯的解闷，你想想，以后配种生了崽，一只四五千元，哪怕一胎只生三只，也可以卖一万多元。一年可以生两次，差不多就是三万元……”朋友向我描绘了美好“钱景”，听得我也不由得满怀憧憬。

我给这条“边牧”取名“小爱”，这个名字相信很适合女孩子，它应该没有意见。小爱小时候长得很难看，常常被人误以为是土狗。三四个月以后，它越来越漂亮了。等到一岁成年之后，已经出落得非常标致了。然而此时，公司却派我去广东分部工作一年，我不得不把小爱托付给老爸、老妈。

“卖了算了，狗身上病菌多，而且咬了别人还要扯皮赔钱……”老妈不同意接收，因为她平日看了许多有关狗的负面报道，印象很不好。

好在老爸喜欢，加上我不断做工作，尤其和她说了这是我的“投资项目”，眼看就要产出“利润”了，卖了太可惜。在得知我给小爱办狗证、买狗粮、看病……已经累计花费了几千元，此时卖出肯定亏损不少，一向节俭的老妈心疼了，勉强答应养着配了种再说。

现在，人结婚都是男方给女方送聘金，狗却是相反的，母狗得给公狗配种费。小区里一个邻居养了条雄“边牧”，打折后收了一千五百元配种费，小爱终于在去年年底“结婚”了。

一晃两个月过去了。某天，老妈打来电话，兴奋地说小爱生了四只，其中还有一只是金色“边牧”。

“个个都很可爱，真不想卖出去。可惜长大后太占地方，住不下，否则全留下自己养就好了。”老妈说。经过将近一年的接触，现在她已经对小爱产生了感情，连它的孩子都舍不得送走了。

最后，留下了一只幼犬，卖了其他三只。

因为这两年养边牧的人越来越多，繁殖太快，如今市场价已经降到了一千五百元左右。算算成本，依然没有收回“投资”。即便以后生第二胎，第三胎，最终可以赚到一些“利润”，前前后后伺候狗狗做“月子”，帮忙照料幼崽，起码得辛苦两个月。所获收入，肯定没有老两口出去拿“补差”赚得多。

不过，老爸、老妈现在生活充实了，爱心有了落脚之处，他们的精神状况比以前好了许多，这就是最大的收获。

对于他们，养狗赚的不是钱，是不寂寞，是精神上的健康。

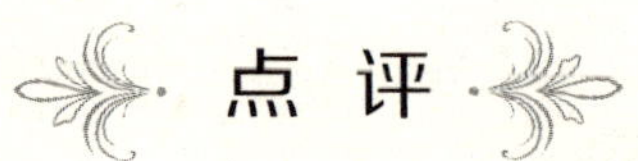

点评

如今即便精神上的收益也能“换算”成货币，比如老两口少得两场大病，每场病可能花费若干万元，合计就省下了多少钱。这样的假设性问题没有多少实际意义，但经常这样去计算收益，能鼓励自己进行精神层面的投入。精神上的富足，往往胜过物质上的富裕。

房子不只是住房

由于从小生活在上海，对于房子的紧张，我的体会格外深刻。21 世纪之前，我们家一直住在苏州河边一条里弄里，里弄里全是两层楼的石库门房子。

我家总面积约 30 平方米，隔成两间。里间是姑妈一家三口，外间是爷爷、奶奶、我三口。我们并不是楼里住房最紧张的人家，楼下有一户人家，一间 20 平方米的房间，拉上两道布帘子就划成了三间“房”，父母、哥嫂、未婚的小儿子各就各位。

为什么全国人民普遍觉得上海人精明，善于察言观色，喜欢斤斤计较……了解一下上海人的住房条件就知道了，在这样狭小复杂的空间里成长，谁都会形成这样的性格。

20 世纪 90 年代中期，我家曾经得到一次机会，可以用这 30 平方米的老房子换取浦东一套三倍面积的二室一厅。可是全家成年人意见很一致：不换。面积再小也是浦西闹市区，到浦东当“乡下人”，那怎么行？可见房子在中国人眼里不等于住房，不仅仅具有使用价值，还是身份、社会地位的象征。

一位常年飞欧美的空姐朋友说：欧美人买黄金、铂金饰品都喜欢纯度低的，因为低纯度便于加工出精美的造型，而国人宁可牺牲视觉享受也要买纯金、纯铂金饰品，为的是保值、增值以及显摆，装饰功能退居其次。

“还可以吧？140 平方米，底下还有私人车库……”不久前，一位朋友带我参观他的新居，很让我震撼了一下。我们之间收入差距不大，住房条件咋就相差那么大？

“唉，小区环境是不错，可是住着心理压力大啊！认识了几个邻居，不是外企管理人员，就是生意人，要不就是官员。我们如果太寒酸了，难免被人鄙视，自己也会自卑。原本背着房贷，准备先买个 QQ 开着，好歹不让车库空着。可是看着别人宝马、奔驰开着，最次也是本田，咱们看来只好咬牙贷款买个中档车……”朋友倒出了心里的苦水。他买房之初，并没有考虑到这些附带的问题。现在才体会到要造航母，就得同时造出一个航母编队为之配套，不能仅仅预算一艘航母的钱。

和朋友相比，我在经济上压力小一些。住着 70 平方米的二手房，没有贷款要还，可是同样住得很不自在。小区里居民素质普遍不太好，打架、吵架时常发生，邻居中甚至有不少做非法营生的，让人不太敢随便和人搭腔。到了夏天，想下去乘个凉，楼下到处是赤膊汉子，粗口随处可闻。靠我们两口子去熏陶邻居们，提高他们的素质，估计穷尽一生也难以实现。于是我们只有努力攒钱，争取能换到一个居民整体素质较高的区域居住。

房子不只是住房，就像吃饭不仅仅是填饱肚子，越来越多的人意识到了这点。以后在“高尚”小区受罪的小白领，在“粗人”堆里别扭着的小文人会越来越少。人们会综合评估自己的情况，然后选择适合自己的房子。

点 评

“位于 CBD 繁荣地段，附近有名校……”地段好的楼盘经常如此促销。“三千亩湿地公园，小桥流水人家……”地段偏僻的楼盘常常以自然环境勾引人。可很少有开发商强调你的邻居可能会是些什么人。物以类聚、人以群分。选邻居其实比选地段、选环境更重要！

绿色财商

过去几千年，国人对于财富的态度就像对待情人，既爱又不敢将这种爱端上台面。子曾经曰过："君子喻于义，小人喻于利。"后来若干个配得上"子"这个职称的人物也都曾曰过许多视金钱如粪土的语录。可是读书人最喜欢的一句格言却是"书中自有黄金屋"，把高雅的"书"与恶俗的"黄金屋"联系在一起，以此催人奋进，不知道历代贤人为什么没有校对出这一明显不符合儒家精神的错误。

时至20世纪80年代，国人对于财富的态度突然为之一变，走向另一极端。"谁发家谁英雄，谁受穷谁狗熊！"一些影视剧里的基层干部（正面人物）常常在大会上豪迈地说，大嗓门配以有力的手势，用现在的流行语形容简直就是"酷毙了"。与此同时，许多新名词风靡一时，比如来自广州的"炒更"。内地报纸常常宣传广州人如何会赚钱，下班以后晚上都有第二职业，一直忙活到深夜。具有初中以上学历的国人都有一定哲学常识，知道看问题需要一分为二。可是在实践中却常常非黑即白，看左边就不看右边。炒更当然可以挣到一份额外的钱，然而没有星期天、没有业余时间，身心的疲惫可想而知。

“总算赶在 35 岁以前进了事业单位……” 前不久，一位在深圳打拼了十几年的朋友兴奋地告诉我这个喜讯。这位朋友已经在外企工作多年，薪水不菲，进事业单位之后收入只有原来的四分之一。可他觉得自己房子、车子都有了，子女教育等经费也准备得差不多。现在他希望生活节奏能慢下来，好好调养一下曾经过度使用了的身心。

人在赤贫的状态下容易将物质追求作为唯一的人生目标，有了基本的生活保障则会产生多元化思想，更能全面科学地规划自己的人生。我们国家曾经以 GDP 作为主要经济指标衡量发展水平，近年来却越来越重视绿色 GDP，即考虑了自然资源与环境因素影响之后经济活动的最终成果。过去二十年里，我们也曾把收入作为衡量一个人成功与否的最重要指标，往往忽视了取得这样一份收入，你是否付出了亚健康的代价？你是否因为常常身不由己而内心苦闷？你是否失去了太多的生活乐趣？“财商”已经成为一个流行词，它告诉人们要善于赚钱理财；其实我们还应该推出一个新名词——“绿色财商”。所谓“绿色财商”就是在你赚钱打拼时，应该认真考虑一下自己付出的代价，是否会失去许多无法挽回的东西（人生中的水土流失）；是否会透支生命（能耗过大）；是否会影响家人（环境污染）……你赚的钱扣除这些负面损耗，剩余的才是你收获的净值。

快乐、健康、幸福，说到底物质追求最终是为了获得这些每个人自己才能体会到的感觉，我们的社会终于发展到了不以英雄、狗熊衡量个人追求的阶段，“绿色财商”或许比“财商”更能让人获得和谐人生。

点评

就在前几年，GDP 还是个好东西，每个城市每个省都会拿 GDP 数据展示成绩。如今 GDP 变成了洋贬义词，似乎就是它害得我们呼吸不到新鲜空气、吃不上放心食品。在痛批 GDP 之害时，我们可曾想过：自己有没有个人 GDP 指标？虽然没有形成文字、数据，可是它也总在无形中逼着你透支掉许多重要的东西，让你若干年后后悔不已。

狗熊的快乐

“现在这个年代，没有高学历、高技能的人，再也不可能重现20世纪80年代初的暴富奇迹了……”温文尔雅的小李推了推鼻梁上的眼镜说。眼下，拿到硕士学位不到5年，他已经在上海开了一家小公司，资产早已过千万元了。我相信小李的话代表着许多有识之士的看法，并非自我吹嘘之辞，不过他说这话，还是有人听后笑了，比如我堂叔。

堂叔30岁以前在乡下种地，文化程度相当于小学毕业。30岁后进城做小生意，从烤羊肉串起步，因为机缘的光顾，后来做上了建筑业的小包工头，再后来自己当老板……如今的堂叔身价过亿元，已经是他所在那个县里的头面人物了。

“读书不能说没用，但大多数人读死书根本读不出多少名堂。我这样的大老粗没文化，可是我了解社会规则，接得到一个又一个项目，我不发达谁发达……”谈及发家史，堂叔也是自信满满。

比较一下小李和堂叔，我不禁赞叹社会比起二十年前进步了许多。饱学之士有成为富翁的机会，早年学业荒废的人善于找准方向，同样可能发达。

与这些成功现象类似，一般工薪阶层人士事业发展也呈现多元化。我表弟小赵为人活泛，做业务员得心应手，常常说他弟弟不懂交际，在社会上肯定吃不开。可是如今他弟弟在一家大公司做程序设计工作，每月收入比他还高。多元化带给社会最大的好处是可供选择的路多了，人们不再需要挤到唯一一条通向罗马的大道上，人人都有了希望，社会才有强劲的发展动力。

有一个寓言流传很广，说的是狗熊在玉米地里掰玉米棒子。掰了一个拿在手里，看到另一个更大，于是扔了手里的，去掰那个更大的……这样反复许多次，从这头走到那头，最终狗熊一无所获。

狗熊被比喻成没有恒心的人，千百年来成为小朋友们嘲笑的对象。狗熊可笑可怜吗？仔细想想，未必。在掰棒子的过程中，至少它的内心充满了喜悦，因为不断出现新的更诱人的目标。虽然它没有收获物质上的成果，不过在这一相对漫长的过程中，它的心里始终充满着希望，因而是快乐的。假如玉米地里只有一个玉米棒，却有好几只狗熊，它们固然省却了选择带来的诱惑和烦恼，却会看不到希望。

“彩民”曾经是个热门词，随着绝大多数人大奖梦难圆，渐渐不那么热了。现在“股民”是个最炙手可热的名词，不过花无百日红，它最终也会有冷的时候……投资领域一个“棒子”独热现象显然不符合社会多元化发展的要求，应该需要有一些可以与股市媲美的“棒子”出现，长期N足鼎立，去分流大家的希望。虽然任何投资，成功者总会是少数，不过从每个人一生的历程来看，能享受到希望带来的快乐往往比结果更重要。

狗熊的寓言据说源自苏格拉底对爱情的解读，不由想起关于“苏格拉底与快乐的猪”的讨论，似乎大多数人更愿意当快乐的猪。

点评

国人喜欢做单选题，凡事非黑即白、非对即错。所以阿Q会因为葱切丝还是切段，去嘲笑城里人或乡下人。看小说时，我们都很容易领悟个中道理，只要自己喜欢，葱怎么切又有什么关系？可是放在生活中，却常常想不通，非要设定一个唯一标准的答案。这样死磕自己，无异于画地为牢。

识别有钱人

“大家来看一看我们这位同事身上的穿着，如果你对他身上领带、衬衫、皮带、手表等物件的品牌有所了解，请记录下来交给我们。”某次招聘面试现场，主考官出了这样一道题目，他们招聘的职位是售楼小姐。

不得不佩服这家企业的务实作风，他们不像一些小家子公司那样问人家生辰八字、生平事迹，他们知道这类问题很幼稚，会让应聘者瞧不起；也没有问经史子集，知道自己不是余秋雨，应聘者也不是来参加青年歌手大奖赛的。怎样识别有钱人？这才是售楼小姐，乃至一切将目标定位于高端人士的销售人员最实用的素质。

前几天跟着公司老板去考察房地产市场，我们一干人中只有老板会开车，于是只能让他当司机了。到了一个售楼部门口，保安来帮忙开车门，他只扫视了一眼，就确定了“司机”是主角，把笑脸的百分之八十给了“司机”。

奇怪，我们脸上并没有写着“打工”二字，为什么保安会看出我们是“喽啰”呢？带着这个怀疑进了售楼部，售楼小姐过来聊了几句，也把主推对象定为老板，一个劲儿地对着他说，一滴唾沫星子都没有溅到我们脸上。

服了！出了售楼部，我们都对这些工作人员的素质佩服得五体投地，他们个个都是火眼金睛，任我们再怎么虚张声势地牛气，也分得出谁“高端”，谁是跟班。

“那有什么了不起，连我家狗都分得清谁地位高。保安和警察衣服相似吧？许多人不细看都分不清，我家狗就一眼看得出来。它只对保安吼叫，看到警察就摇头摆尾……”我们楼下的酒店老板说。他家的狗长期生活在酒店，阅人无数，竟然也无师自通可以把人分出三六九等了。

“可能因为你穿着名牌，我们虽然认不出牌子，人家销售服务人员都认得出……”对于老板常常被人认出是“有钱人”，我们有些不服。

“这样吧，我穿件便宜的旧衣服出去，你们看会怎么样……”老板说。

结果我们去一家高档餐厅聚餐，最后老板还是被服务小姐另眼相看。

“说话的底气、神态，这都是生活积累，不是随便模仿得来的。人家服务小姐见多识广，早就形成经验了。”老板得意地说。另外，我们这些人中，老板的手机不是最好的，可是没几分钟就会有电话来，而我们的手机长时间都在休眠状态。

“还有小刘，你刚才一个劲儿地盯着服务小姐看，一看你就是个打工仔，顶多是个小个体户。真正有钱的男人天天可以见到各种各样的美女，不是很惊艳的，根本不会丢了魂似的去看……”出来后，老板又说。

看来现在要装有钱人越来越难了，不像20世纪八九十年代，说话口气大点、穿一身假名牌就可以忽悠人了。在感慨销售服务人员素质越来越高之余，我们也不得不感叹自己和有钱人的距离越来越远了。

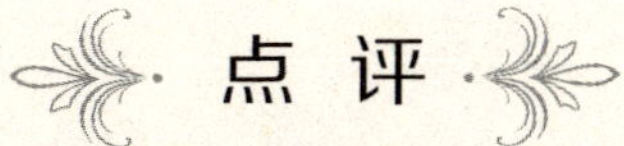

点评

有钱人越来越容易识别，说明这一群体渐渐成熟了起来，已经不像改革开放初期，除了口气、衣着，穷人、富人大家差别都不大。但愿已经形成阶层的有钱人，也能像国外“同类”一样，形成一定的行为规范，担负起稳定社会的责任，提供正能量。

财商与爱情

现在的女性杂志真是难做，一位编辑朋友如此感慨。比如写爱情，每每都难免与钱狭路相逢。“聪明的女人应该让男人舍得为自己花钱”“得不到真爱，得到钱也好”，这些观点放在十年前的杂志上，一定能让读者眼前一亮，可是现在早已是老生常谈，看得人眼睛都长老茧了。但是，拿什么新的观点去让见多识广的女同胞们重新产生新鲜感呢？总不能鼓动她们去把她们的老公、男朋友搞得倾家荡产吧？

女人花男人的钱，用途大致有二：第一种用途是女为悦己者容。这种思路比较传统，效果很不理想。美容、护肤、在穿着上紧跟时尚潮流，这一切如果都是以留住身边那个男人为目的，其结局只有一个，那就是失败。无论美容、整容技术如何发展，女人始终无法战胜“年龄”这个天敌，一个四五十岁的女人在自己脸上、身上投资再多也无法在眼球吸引力上与二十多岁的女孩抗衡。而对于正处妙龄的女子，“审美疲劳”又是其无法战胜的天敌，纵然你能让自己像孙猴子那样变化出七十二种造型，在熟悉你的那个男人的火眼金睛下，你还是那个熟悉的你，而外面却有那么多让他感到神秘的诱惑。女人花男人钱的第二种用途是买“保险”。假设男人都不是好东西，而女人又不得不找一个老公，那么准备一条退路当然是必须要做的保险措施。要一套自己名下的房子，从老公那里尽量多要些留作自己私房钱的“保险基金”……几年下来，算算自己所拥有的物质财富，好像已经立于不败之地，即便离婚也够本了。殊不知，这种“保险”策略从一开始就撕破了爱情浪漫的面纱，一旦一切都赤裸裸了，分手也就没有了感情上的牵绊，变得格外容易。

偶然看到一则对于温州某富商的采访，富商先生说温州普通老百姓基本都是男的在外经商，女的在家做点小生意，许多温州一般人家的主妇私房钱都有一两百万元，都是自己做生意赚来的。上海的离婚率，深圳的二奶现象……当许多大城市都以情感危机频频在报刊上露脸时，以财富闻名的温州人在情感问题上却少有被人谈及的话题。为什么长期两地分居，经济上又颇为宽裕的温州人从来不是“情感口述”类文章的主角？不得不说他们的财商起到了不小的作用。不要把情感太当回事，特别是女人，千万不能把感情当作生活中的唯一内容。学学那些温州女人吧，如果你把琢磨男人、为自己婚姻牵肠挂肚的那点心思分一部分去做点正经事，也许你也可以有几十万元私房钱，自己挣出来的光明正大的私房钱。在挣这些私房钱的过程中，你失去的是忧郁、担忧、胡思乱想、嫉妒，得到的是智慧、财富、心理健康和男人的尊敬。

相对于男人为家庭、为责任而求财，女人求财的主要目的并不一定是“财”本身，而是通过求财的过程让自己更注重自我。也许你不把男人太当一回事的时候，男人才能在心底里把你当回事。

点 评

经济独立是人格独立的基础，而两个人格独立的人组成的家庭，才会有稳定的基础。不少现代女性消费观念上紧跟世界潮流，婚姻观上依然信赖“嫁汉嫁汉、穿衣吃饭”，这种“二元制”思想，往往会造成婚姻悲剧。

怪圈

“这两三年算是浪费掉了，忙忙碌碌，最后好像什么收获也没有……”朋友阿华说。

阿华之所以如此感慨，是因为参加了一场同学会。看到有人开上了“奔驰”，有人升了正处，有人“二婚”了……自己那两本装帧粗糙的自费书，竟然窝在包里一直没敢拿出来。行前曾打算吹吹自己的文学创作，还做了预案，如果同学们恭维他是未来的鲁迅、莫言，他该如何自谦？可是聚会时别人的气场太强，他这些未雨绸缪都没能用上。

两三年前，阿华可不是这样。那时他刚刚“入会”，有了个绿本本。虽然写作已经十来年，样报也有一大摞了，但自从有了本儿，阿华才感觉自己是个真正的作家。本儿不像“柿油党”的“银桃子”，不能挂在胸前公示。好在有本儿就有了圈子，从此阿华经常参加笔会，一群作家游山玩水诗文唱和倒也是雅事。

按说文学如玫瑰，不应该按堆头论高低。可阿华的圈子里都以出书为荣，书越厚越有面子，本数越多越光荣。至于有没有人看？稿酬多少？都属于粗俗话题，没人谈及。阿华便也向著述等身方向努力着，于是有了两本自费书。

“现在我明白了，人家拼出书并不都是图虚荣。他们大多在体制内工作，有的出书直接能获得经费支持；有的可以在单位造声势，谋个宣传科副科长之类的职位……我一个社会人员，跟着他们的思路走，当然是竹篮子打水一场空。”阿华总结道。

圈子除了提供社交机会，往往还有一个神奇的功能，那就是统一思想。商人圈里当然谈生意，假如你在里面吟诗作赋，很快就会被边缘化；网游圈子谈游戏，你若是谈论国事、家事很可能被踢；军迷圈里，世界大战是永恒主题……如果你长期浸淫于某个圈子里，必然就会有某个圈子特有的思维习惯，甚至“三观”也会随之改变。

“你血压140？那还算高啊？我经常170！”自从患了高血压，我父亲也有了自己的圈子——“血压圈”，没事常与周围同病相怜者比血压。如今他格外注重健康，很难戒的烟酒全戒了。我们每次回家，都会习惯性地给我们量血压。一向十分节俭的他，不久前花好几百元给我买了一个血压仪。

“思想有多远，我们就能走多远。”这是耳熟能详的一句名言。现实生活中，我们的思想都不会随意漫游，圈子往往决定着思想的边界。为了不至于久而久之画地为牢、坐井观天，有时我们应该让自己适度孤独一下。离开圈子几个月，独自思考一下人生，这样或许能让思想走得远一些。

点评

人类是群居动物，首先遗传基因就会驱使我们抱团扎堆以求安全感。所以小孩子不合群，在家长看来是件很值得担忧的事情。至于走上社会，势单力孤更会让大多数人担忧未来，所以我们都会进入一个个圈子。然而凡事有利皆有弊，圈子里待久了，呼吸不到新鲜空气，有空还是应该出来放放风。

差一点成功人士

“曾经有一次改变命运的机会摆在我面前，我却没有珍惜，直到失去才追悔莫及。人世间最大的痛苦莫过于此，如果上天再给我一次机会……”年过三十之后，国人中的大多数往往说过类似的话。一般年纪越长，说的频率越高，内容也越丰富。有人甚至成了祥林嫂，喜欢重复“阿毛（机会）被狼叼去了”的故事。

我是个俗人，当然也在“机会回忆族”之列，我这大半辈子里，“机会”也着实不少。比如当年在厂里，眼见单位效益每况愈下，大家都暗自寻找出路，此时和我关系不错的刘科长有了门道——去越南办厂。一段时间里，单位里暗流涌动，刘科长偷偷摸摸“组阁”，我有幸也成了“阁员”之一。为了保密，我们和刘科长之间都是单线联系，不知道除了自己，周围还有哪些是自己的“革命”同志。那段日子过得格外刺激，总觉得周围有人四处串岗，鬼鬼祟祟，仿佛天地会义士在接头。闹腾了几个月，我们的“董事梦”彻底破灭了，去越南办厂完全是件不靠谱的荒唐事。刘科长辞职了，我被调到了三峡附近的经营部，一干“革命”同志或下车间或下岗，作鸟兽散。原来他们做神做鬼这么一闹腾，动静大了，一切尽在领导掌握中。

到了经营部，机会似乎又来了。业务员小马和当地生资公司一位小干部成了把兄弟，两位都是志大才疏之辈，一起喝个酒就心潮澎湃、热血沸腾。一会儿联系进口万吨土豆，一会儿要去弄千吨化肥……两人常常喝得醉醺醺的，互相搀扶着，歪歪斜斜走过镇上唯一一条大街。日子久了成了小镇午后的一道风景，看着他们的身影，我们生动地理解了"'人'字的结构是互相支撑"。他俩一个东倒一个西歪，正好呈"人"字形一路接受小镇人民的检阅。

"事儿成了以后，别的不说。你，劳力士表一块，我绝对要送给你！我们公司办起来后，你，总经理助理!"小马那时常对我许诺。有了前车之鉴，这些话我只是姑妄听之。小马他们常常要出去谈判，为了壮声势，常拉上我们一起去。就像《新闻联播》里人民大会堂的外事活动，宾主双方分坐两边，我们这些"填充物"坐在小马一侧"阁员"位置……

当然，最后一切都是"闹眼子"，什么项目都没有做成。我原本没抱什么希望，所以并不失落。小马回省城后常常借酒浇愁，47 岁就去世了。

理性回想一下曾经有过的一次次"机会"，其实大多只是"坑儿"，不过人的内心总是会不甘平淡，于是便会去美化那些"机会"。这样自己就能成为"差一点成功人士"，以此安慰失落的人生。

做人不能钻牛角尖，不然早晚会得心理疾病。所以偶尔在回忆中 PS 一下失去的"机会"，也未尝不是一种心理理疗。

点评

小时候看电影，有句台词耳熟能详：“不成功便成仁!”通常出自反派人物之口，语境是处于垂死挣扎之中。这句话文绉绉，当时听不懂，后来知道“成仁”就是死。一晃人到中年，事业无成，当然属于“不成功”。然而绝大多数人都是如此，何以解忧？难道都去“成仁”吗？当然不行。你不珍惜生命，也不能污染环境啊！所以做人得会想，不妨追认自己曾经差一点成功。

回眸

新建的“祖屋”里，几大桌人济济一堂，十分热闹。此时，电视里正播着新闻，说年轻人孝道观念日渐淡薄，一个村回乡扫墓的打工青年往往凑不齐一桌……这条新闻很为在座的各位喜闻乐见，因为大家都因此找到了道德优越感。比如我岳父，这已是清明节前后，他第四次回去扫墓了。虽然他早已不是青年，但论刷数据，他这一数字也足以秒杀老中青年任何组别。

岳父之所以如此频繁地扫了又扫，并非格外思念他已故去多年的父亲、爷爷，而是因为清明时节，有一些当官发财的亲戚会回去祭扫。这些人就像影视界的角儿，怕彼此的光芒互相干扰，档期都错开了，所以如同我岳父这样的“二三线”亲戚便跑断了腿，赶了一场又一场。

按照电视台肤浅的认识，回乡扫墓就代表孝心，这其实是想当然耳。那些已然混出名堂的亲戚大多有些迷信，相信祖坟与官运、财运密切相关，所以即便平日里日理万机，清明节无论如何也要回来烧个香。而我岳父他们是看到有用的亲戚回来了，一起在祖宗面前上炷香，地位之间的鸿沟上便有了快速通道。而且上香也是在提醒那些阔亲戚：咱们是同一个祖宗下的分支机构，彼此应该有点团队精神，拉兄弟一把，是你们应尽的义务。

然而，阔亲戚往往贵人多忘事，加之以前不讲计划生育，一个辈分的叔伯兄弟，姑表、姨表已经是一个加强排了，晚一辈一个加强连，出了五服的更是不计其数。所以常常穷亲戚热闹了老半天叙旧，阔亲戚一边含笑“嗯啊”，一边在脑子里搜索这人的资料。有的阔亲戚文化不高，便会直通通地问：“您是……？别怪我不常回来，都记不得亲戚们长什么样了。”按说这话会得罪人，可是某些人一穷就不容易被得罪了。

“我是国栋啊！您是贵人多忘事。我们小时候还一起玩过泥巴呢，那次，我们玩兵抓土匪，我还帮你挡了一枪呢，虽说是萝卜子弹，打在脸上也怪疼的……”穷亲戚会绘声绘色描述童年往事，以期勾起美好的共同记忆。

死人搭台，活人唱戏，每年清明节，祖坟前都会上演这一幕。年复一年，其实诸如我岳父这样的“三线亲戚”，并没有因为人脉得到什么具体的好处。不过他们依然锲而不舍，坚持不懈。

“佛曰：前世五百次回眸才换得今生擦肩而过。”某亲戚平日喜欢看通俗杂志，学会了这句“格言”。岳父他们也很欣赏这句话，五百次回眸才换得擦肩而过，可想而知要让人帮忙，得回眸多少次啊？这和“猴子不上树，多敲几遍锣”一个道理。所以大家并不气馁，该敲锣就敲锣，该回眸就回眸，只当参加抽奖。多抽几次，概率总会大一些。

祖坟冒青烟，穷亲戚、富亲戚，都有这种期待，于是有了纽带，每年清明热热闹闹。

点评

人脉这东西让人欢喜让人忧。自己有，当然欢喜；如果别人人脉比你广，就会忧了。国人中相当一部分，尤其男人，都有人脉焦虑症。其中行动力强一点的，就会拼命去建立、加强自己的人脉，只不过心浮气躁，往往手法过于粗糙，事倍功半。

撒网

文友小白被拉入了一个车友群，这并没有什么奇怪，有了车，多半会加入这样那样的车友群。然而参加了一次群里的活动，小白发现这个群不一般，是个“土豪群”，随便哪位的车价格都在小白那辆10倍以上。

“还习惯吧？既来之，则安之。以后多活动几次，大家就都是朋友了。”群主大概看出小白有几分忐忑，特意单独安抚他的情绪。接着打消了他的顾虑，活动不需要他埋单，以后他还可以带上老婆、孩子一起参加。

后来小白知道是一位朋友把他介绍给群主，于是他才如此突兀地进入了这个土豪圈。土豪们精力旺盛，下扬州、游苏杭，一出动就跑得大老远。吃住玩都追求高档次，一趟下来，人均消费是个不菲的数字。小白对于土豪为什么要带上他这个非著名文人玩，一直大惑不解。不过琢磨了几番之后，心情便愉悦了。

“咱们可不能妄自菲薄啊！土豪有钱但没文化，需要附庸风雅才能去掉‘土腥味’。我陪他们玩，能提升他们的社会形象。我们有自己的优势……”小白自信地说。而且他很快有了个想法，土豪钱多人傻又好虚荣，何不鼓捣他们出自传？

按现在的行情，一本怎么也能赚几万元代写费，比写小稿子强多了。

小白的美好憧憬很快被打破了，那天他正准备张口鼓捣自传的事情。群主先开口了，大谈本市某项基础建设严重滞后，市民翘首以盼更新改造，小白作为对口主管部门领导的秘书，应该多向领导反映民声……如果工程要启动，不妨承包给他的公司。

小白这才恍然大悟，自己满拧了，人家从未仰慕过他的文采，看重的只是他的职务。

“我哪有这能耐，我们领导也才只是个副职。以后我不参加这个群的活动了。”小白打算退群。然而那位介绍他进去的朋友不以为然，劝他不必有压力。人家土豪兄是广种薄收，到处建人脉呢，并不指望靠他就能开花结果。

广种薄收，小白觉得土豪们真够浮躁的。然而想想自己又何尝不是如此，抓住一切机会扩大社交面。文友、车友、打游戏玩伴……都暗自筛选过，希望能培育出几个有用的朋友，壮大自己今后的人脉。可是广种薄收了这么多年，数数铁哥们，还是以前那么几个。

“挖十口浅井，不如挖一口深井。”许多人都明白这个社交原理。可是挖深井需要沉得下心来，耐得住寂寞。现代生活节奏越来越快，大家都等不了那么久，于是很容易选择广种薄收，遍地撒网。最后不仅人脉“收成”不好，平日玩起来也没法投入，活得累也就不奇怪了。

点 评

放假比上班还累，这是中国人普遍的感叹，翻译成外语，外国人一定无法理解。原因在于我们是人情社会，所以休闲等于加班，玩也玩得心事重重，玩得有目的、有企图。如此背景下，美食吃不出美味，美景难尽游兴。大家都醉翁之意不在酒，自然时时轻松不得。

钱是王八蛋

表弟是个很新潮的人，经常挂在嘴边的一句话就是“中国人就是想不开……”。他本人并没有移民，他所指的“中国人”通常是他父母这类人。

像大多数上了年纪的国人一样，表弟的爹妈平日里也是省吃俭用。一口剩菜都舍不得倒掉，一张废纸都要留着卖钱……表弟则截然相反，大手大脚，收入不高平日里却常常在外吃喝玩乐。衣服要穿名牌，手机要用“爱疯”，后来又闹着要买车。

“现在有些拿低保的人都有车了，我好歹也在公司上班。天天坐公共汽车和一帮老头老太挤在一起，自卑得都不好意思出门了。”表弟不断在家里制造舆论。他爹妈经不住他反复攻心，终于松了口。可是买什么样的车又成了问题。起初表弟看中一款 18 万元的车，计划首付之后每月还 5000 元。可是表弟月薪才 3000 多元，这个计划自然遭到他爹妈的竭力反对。讨价还价一番之后，表弟最终勉勉强强接受买一款 10 万元的车，他自己只出 2 万元，其余靠二老赞助，一次性付清。

有了车，表弟的交往面顿时拓展了许多，隔三岔五就会去参加车友活动。作为朋友，表弟是很理想的。他仗义疏财，每每聚会完毕都是抢着埋单，而且是真抢，六成以上机会能抢中。

然而这就苦了他爹妈，表弟的赤字越来越大，两老就得不断压缩自己的生活支出去填补。

“就这一个儿子，能怎么办呢?”他妈（我姑妈）每每对我叹息道。

“钱是王八蛋!”对于劝他节约的人，表弟往往这样回应。而且他会列举人家美国人怎么怎么想得开，没人想着存钱，有多少用多少。

“可是，‘钱是王八蛋’还有下半句，那就是‘用完了再去赚’。我们可以把自己的钱当作王八蛋，但没理由拿父母的钱当王八蛋啊。你的工资用完了，能自己去赚更多的钱填补亏空吗?”那天，我对表弟说。他一时语塞，之后好一阵子没和我联络了。

“钱是王八蛋”的下半句是什么?这才是那些大手大脚的年轻人应该多想想的，他们如果时时能记得“用完了再去赚”，那么高消费倒也无可厚非。

点 评

双轨制是个国产名词，不仅在宏观经济领域常常用到，在人们处世态度上也经常得以体现。年轻人都希望父母像欧美父母，给儿女极大的自由，不干涉孩子们的想法。可是同时又希望父母像古代父母，一切最终都给下一代。于是这一代中，“自私分子”比例便特别高。

留一手

过了 4 年单身生活之后，岳父终于再婚了，而且还是自己通过网络找到的对象。

起初我们心里都有疑问，我们这辈人还没有谁通过网络征婚恋爱过，岳父都 60 好几了，靠谱吗？

“她是退休中学老师，知书达理，你们见了一定能接受……”岳父信心满满地对我们说。

岳父这人一向果决，他决定的事情哪里需要考虑我们的意见。何况《婚姻法》也决定了我们无权干涉他的婚事，再何况他已经先斩后奏领了证。

那天，岳父通知我们去他那儿吃饭，于是我们见到了他的新婚妻子王阿姨。没有开场白，也没有什么寒暄，我们一家人就坐到了一张餐桌上。

岳父一如既往主导着话语权，从国内到国外，国事、天下事乱侃了一番。可能发现王阿姨插不上话，这才从云山雾罩中落地，谈了一些家务琐事。

岳父之前也曾谈过两个“阿姨”，从气质到谈吐，我们都觉得太俗。相比之下，这位王阿姨虽然话不多，不过看上去确实还像个知识分子。

“你们肯定担心我会被骗，告诉你们，王阿姨有三套房产……条件比我好得多。”岳父私下对我们说。

岳父和王阿姨生活了一年后，渐渐有了一些隔阂。他私下对我们抱怨王阿姨警惕性太强，似乎总怕他占了她的便宜，用钱方面几乎都是 AA 制。我们劝他这并不为过，毕竟是半路夫妻，各自都有儿女，难免都会有顾虑。假如岳父比王阿姨有钱，也会防备自己被算计。

“你们兄妹几个中，你嘴紧、办事稳重、私心少，所以我这些东西就放在你这儿保管。我都这个年纪了，突然有个三长两短也很有可能……”那天，岳父突然来到我家，从公文包里掏出一堆存折、银行卡、借条、房产证……直到我老婆都弄明白了，并且看着她放进了小保险柜，这才放心地松了口气。

岳父找到了晚年归宿，可是这归宿似乎又不那么踏实。望着岳父离开时的背影，我叹了口气。可是又能怎么样呢？找谁再婚都难免如此。相信王阿姨那边，或许对她的子女也有一番如此交代。

但愿各自留了一手之后，两位老人能轻装上阵，起码能在 AA 制的基础上，好好过好在一起的日子。其实我更希望假以时日，岳父和王阿姨都能放心地收回放在儿女那里保管的物件，变“联邦”为“共和”，不分你我，彼此相依。我相信只要老人家过得幸福，我们做子女的都不会去惦记以后能分多少遗产。

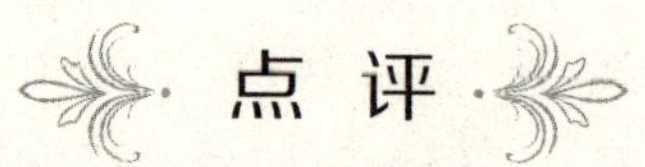

近些年来，家庭恶斗戏一直占据着电视台的黄金时段，甚

至出口非洲居然也广受当地观众喜爱。而这些电视剧中，财产往往是一切矛盾的导火索。可见从“君子耻言利”，到亲兄弟明算账，乃至夫妻也各有打算，我们的社会经历着怎样的改变。对此，并无良药可治，只能让人们在实践中自我调整、互相磨合，最终实现和谐。

家运

我家兄弟几个胆子都比较小，生活态度多少都有些消极。就像大嫂形容的“脚踩西瓜皮，滑到哪儿算哪儿”。之所以胆小，很大程度是因为父亲长期压着我们，我们自主空间很小；而消极，似乎也源于父亲言传身教。

“你爸以前可不是这样的……”或许听到我们私下里对父亲的一些负面评价，母亲觉得有必要为他辩护几句。

母亲说父亲年轻时胆子很大，最突出的表现是和邻居老刘关系密切。老刘当时是厂党委书记、县团级，父亲当年与他交往过密可不是拍马屁，因为老刘那时已经岌岌可危，随时会下台。

“江青这身打扮，不男不女的……”老刘是军人出身，虽然已经意识到自己处境危险，平日里说话还是口无遮拦。父亲那时住在老刘楼下，或许因为我们家根红苗正，是最老资格的工人阶级，所以他敢常常和老刘一起喝酒，一起说些“反动话”。

终于老刘被打倒了，他家里有把西瓜刀，担心被造反派抄家当作反革命武器，又舍不得扔，于是让我父亲代为保管。老刘生活简朴，可是要参加批斗会时，仍觉得家里没有拿得出手的行头。于是父亲赞助给他一件家传的旧棉衣，端的是千疮百孔、补丁摞补丁尚掩不住黑乎乎翻露在外的棉花，老刘便把它作为上台挨斗的工作服……

后来粉碎了“四人帮”，老刘官复原职，人到中年的父亲也迎来了事业发展的良机，厂里准备让他担任总调度。那两年，父亲意气风发，还特意去上海做了一身呢子中山装。可是当升职报告一层层终于递到了局里，新文件下来了，必须中专以上学历才能提干，父亲的干部梦就此破灭了。雪上加霜的是有两位亲戚和父亲学历一样，但早了半年，分别当上了科长和车间主任……

此后父亲便颓废了，阳台上十几盆养了很久的花也都送人了。父亲脾气变得越来越暴躁，家里气氛长期很压抑。

与之相反，那两位提了干的亲戚从此家道中兴。直到现在，他们家几个儿女都在中产阶级以上，远比我们家几位有出息。

父亲是倒霉的，假如他当年提干了，情况会完全不一样，甚至我们家整个气势都会不同。然而现在分析起来，也不能全怪运气，因为当年有和父亲境遇相似的邻居，人家后来停薪留职下海，都成了先富起来的人。父亲如果官场失利转战商场，以当时的历史机遇，成功概率极大。

如今我们也人到中年了，已经不会为自己没有成为官二代、富二代而抱怨父亲。但父亲的经历提醒了我们，人不应该轻易颓废，尤其作为一家之主，一定要有韧劲儿。否则有可能坏了全家的气场，导致家运衰败。这不是迷信，是精气神儿对于人的巨大影响力。

点 评

运势无色无味无形，可是常常让人牵肠挂肚，甚至某些强势人物在它面前也会忐忑不安。其实运势不是迷信，而是科学。所谓好运，常常光顾于逆境中仍保持着精气神的人。

你的我的

每每经过附近城中村，便能看到老同事大刘家的那幢私房。私房是大刘组织建造的，他们家兄弟姐妹五人共同出资，一人一层楼。一晃房子已经建成 8 年了，都一直大门紧锁，没有住人。

之所以闲置了那么多年，源于当年房子造好之后发现超出了预算，每人需要再出 2 万元，于是具体负责工程建设的大刘便成了贪腐嫌疑犯。偏偏大刘做事马虎，账目不全，原始票据更是有一张没一张，完全经不起弟妹们审计，于是更没有人愿意追加投资了。

“我是家里的老大，老爸去世后，按理说长兄为父，我做梦也没有想到他们竟然怀疑我……”大刘曾多次对我倾诉过。他自认为了建房办手续跑断了腿，盖房时一个人忙前忙后，没算自己的工钱。最后超支是因为物价上涨，何况做什么工程都不可能预算得十分准确……

气愤之余，大刘便大锁封门，谁也不让住了。这几年附近几所大学不断扩招，周边房租节节攀升，算下来他们兄妹几个的损失远远超过了每人 2 万元。难道就不能先搁置争议共同开发？旁人都这么想。可是他们却“佛争一炉香，人争一口气”，硬是耗到底了。

类似的事情在生活中其实很多，尤其面临拆迁、遗产等问题，兄弟姐妹反目为仇更是屡见不鲜。之所以如此，很大原因在于家庭教育。当孩子们小的时候，父母总是教育他们不要斤斤计较，哥哥的东西弟弟可以拿去用，姐姐用了妹妹的东西，也没什么大不了的……至于老爸老妈的东西，将来更全部是儿女的。

混沌的财产观念使得子女成人后常常“不拘小节”，比如大刘就觉得自家人一起建房，不需要做账，于是为自己被冤枉埋下了伏笔。而啃老现象泛滥，也源于儿女总觉得父母的就是自己的，用他们的钱天经地义。

“这是你的，这是我的！”我们似乎应该早早地让孩子明白各自的财产界限，养成正确的财富观。现在基本都是独生子女了，子女与父母之间也应该有个粗浅的“你我”财产界限。这不是斤斤计较，而是培养一种处世态度，避免日后可能出现的麻烦。

“你的、我的”习惯了并不会显得生分，有规矩才能少纠纷。有界限，才能培养出责任心。

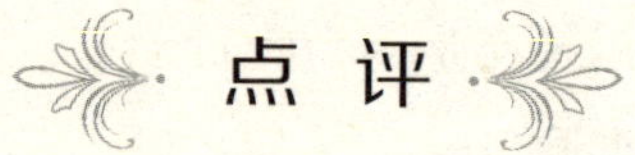

点评

人人想当君子，可是君子难为，属于极端个例。所以我们应该互相假设为“小人”，分清你我，约束好自己和别人。只有一切公共经济活动都处于互相监控之下，才能最大限度消除彼此不必要的怀疑，最终处得长久。

意淫

今年以来生意一直不好，与之成反比，我在网上下象棋的时间便大大增加了，游戏中的头衔从“县令”“都尉”“校尉”一路升到了“常侍”。虽然这些头衔不值一文，不过每天能赢几盘棋，倒也可以暂时缓解一下紧张、焦虑的情绪。

每每在我打开游戏页面之时，常常会跳出一条捷报：“杨某某在‘偷菜’游戏中一举获得××积分，大家快去祝贺他吧！”这位杨某某是我表哥，也是我的供货商之一。与我相比，他今年经营情况似乎更糟。我留心了一下，他几乎每天“偷菜”到深夜，有时第二天凌晨三点多，又上线继续“偷”。如今他在“偷菜”界俨然已是翘楚，积分高得几乎令他周围所有人惊叹不已。

“你也太投入了吧！这样玩下去身体都垮了，不值得啊！”偶尔我会劝一下表哥。不过通常是无效的，他似乎很享受“偷菜”带来的成就感。在游戏中，他是王者，能让不少“菜友”崇拜。

看来事业受挫，将精力转移到一些虚拟的快感上，是一种普遍的心理。有人以为虚幻的成就感是网络独有产物，其实离开网络这个载体，我们同样会找到其他心理转移方式。

记得几年前，我经常参加一些文友聚会。通常酒过三巡，大家就会用谦虚的口吻公示各自近来的成就，诸如这个月发表了几十篇“豆腐块”，下月有篇纪实可得稿费数千元……其实心里都明白，别人不会发自内心为你高兴，不过也知道一定会得到礼节性的衷心祝贺。往自己怀里“作揖”完毕，文友们通常会互相“作揖”，你夸我是“名家”“大师”，我赞你是“方家”“高手”……如此这般，聚会便其乐融融了。

然而一散会，各自就从云端里落地了。彼时私家车已经开始普及，我们却都是挤公共汽车回家的。等我回到小区门口，听到邻居们你一句“婊子养的”、我一句“个板妈的”，亲热地大声聊着天，酒便也醒了。什么“方家”、圆家，我们其实都处于社会底层。如果在写《红楼梦》《史记》倒也罢了，我们写的不过是些快餐文字，精神层面上也没有什么值得骄傲的。

人都是脆弱的，常常需要自我排解不良情绪。如果能在排解过程中，适度地保留一点痛感，其实有助于促使自己进步。有时我们需要一点点虚幻的快感，但千万不能沉醉其中。

点评

据说诸如吗啡等毒品，原本都是药，用于镇痛效果很好。何以良药变成了毒品？度的把握失控使然，一旦失去了节制，它们就会使人失去理智、失去意志。意淫这事也一样，“小意”怡情，“大意”伤身。

备粮

名字起得好，往往能让人过目难忘。我的熟人中，就有两位拥有这样的好名字。一位叫王备粮，是我的邻居兼同学；一位叫陈梦茶，是我长辈。

王备粮这个名字时代特色鲜明，估计他出生时国家号召“备战备荒”，于是他爹就给他起了这么个名字；至于陈梦茶，按说出生于兵荒马乱的岁月，许多人食不果腹。不过由于他爹是个小资本家，居然还有闲情逸致梦到喝茶，可见人比人自古会气死人。

随着时代发展，王备粮的名字越来越显得土气，他一度想改名，哪怕叫很俗气的“贝良”也成。不过改名很复杂，许多证件都要改，后来他便放弃了这个念头。这个名字虽土却有运势，学业平平的王备粮三十多岁居然就混到了某知名外企大区经理，一时间嫉煞我们一帮童年好友。

如今的王备粮，人很洋气，与名字很不相符。倒是他爹一直维持着“备粮”思维，平日里床底下常年维持两三袋大米，厨房里六七袋盐、冰箱里……我爹说假如现在突然自然灾害，他家可以足不出户，起码维持半年日常生活。

2013 年，王备粮带着他爹去上海玩，顺便让老爷子检阅一下他领导的分公司。老爷子果然啧啧赞叹备粮如今出息了，管理着这么多洋气的白领。然而去公司餐厅吃了一餐饭，老爷子就大为不满。说白领们太浪费，整个的包子、大半块的面包、牛排，居然扔进垃圾桶。老爷子要王备粮扣这些败家子的工资，王备粮说他没这个权力，公司管不了员工的私生活。

陈梦茶这么多年来一直憋屈地住在工厂家属区，他与周围工友们一直格格不入。多年来，他抽雪茄、煮咖啡。大热天，外面四十多摄氏度，陈梦茶出门必穿长裤、衬衣，领带打得一丝不苟。更为难得的是，虽然周围都是粗人，难免偶尔与人发生纠纷，可是活到七十多岁，他连一句“狗日的”这样的初级骂人话都不曾骂出口。陈梦茶是工薪族，维持高品质生活是有困难的，所以多年来他一直是“半月光族”。工资到手，半个月基本就花光了。下半月找亲友借点，吃素煮面，翘首企盼下个月发薪。陈梦茶从不知道存款利率是多少，因为他从来不存钱，没钱可存。

夏日里，小区里的老汉们喜欢聚在一起吹牛，许多人喜欢吹祖上富。陈梦茶的父亲是开车行的，有人便怀疑是不是黄包车行，“骆驼祥子”。此言一出，马上遭到众人驳斥。大多数人相信陈梦茶没有吹牛，他爹开的是汽车行。陈梦茶这几十年不变、“文革”都没有改造过来的生活习惯就足以证明。而王备粮的爹，以前多半真的苦过，要不然现在儿子很富了，他何以还是时刻“备粮”？想必是落下心理疾病了。

现在常常见到电视选秀节目里，选手们纷纷哭穷叫苦催泪，许多一眼就能看出是假的。人生经历不需要言语叙述，常常一举一动，一个眼神，一切尽在不言中。

点评

穷人、富人并不只是以如今是否有钱来判断，穷、富皆有底蕴，都非一日之寒。穷不一定丢人，富不一定可耻。世事从来不是非黑即白，而是丰富多彩。

总结

“幸福与金钱无关，与内心相连。”某部电影里，范伟扮演的哲学大师如是说，听起来像大道理，但确实是这么回事。这些年，许多社会研究机构为了博眼球，每年都会公布一些统计数据，证明哪个收入区间者最具幸福感，哪个收入区间者最不幸，往往都难以服众，甚至被视为狗戴嚼子——胡勒。幸福其实是对生活方式的一种选择，在鱼与熊掌不可兼得的情况下，尽量平衡好各种心理需求，即是幸福。

第三辑

致富之道

一辈子可以赚多少钱？因人而异。但就个人而言，缩减摸索和走回头路的时间，你的人生就多了一些实战时间，因此也就多了一笔靠自己精算出来的财富。

大家好才是真的好

“我一个同学在上海一家外企做销售主管，现在已经在上海买了两套房了……”午休时分，小丽又开始说她某个有“出息”的熟人，这几乎已经成了她的一种生活习惯。此时，我们这些听众都知道她这一说没有一个多小时刹不住车，于是纷纷用自己的方式尽量让她的老生常谈快点结束。

“听说股票还是有机会反弹的……”小马用一个热点话题企图转移小丽的视线，果然大家七嘴八舌谈起了股票。不过五分钟后，小丽又把话题拉回到了她同学身上。“人家这几个月炒股赚了好几十万元……”眼看不用袜子堵嘴根本不可能阻止她继续替她同学炫富，我们只能选择当相声里的捧哏，不时“哼”“啊”“是吗”“这样啊”……敷衍几句，就这样，小丽依然讲到了下午上班。

小丽是个财富崇拜者，她对赚钱方面的成功人士似乎总是充满了敬意，不过也不尽然，对于身边的“财主”，她又常常嗤之以鼻。

“他算什么成功人士？不过是个土包子，钻政策漏洞赚了一些钱，只是因为运气好……”说到我们老板，小丽总是一脸不屑。

对于远在天边，交往很少的陌生“熟人”格外青睐，常常情不自禁地替他们吹嘘，而对身边“业绩”与之相当的成功者不予承认、刻意鄙视，这在当今社会中似乎是个常见现象。为什么小丽们热衷于夸耀自己“熟人”的成功？熟人全都那么成功难道不会衬托出自己的无能？旁人常常会这么思考。不过当事人却不是这样的思路，他们在心理上往往挟成功“熟人”以自重。常言道：“物以类聚，人以群分。”“熟人”这么出色，自己还会被人小看吗？

“所谓幸福就是看到邻居吃不饱饭时的感觉。”这是某位西方哲学家几百年前说过的一句话，听来刻薄，却常常被世俗中人验证。对于身边同事、亲友，或许由于常常见面，小丽们从心理上难以忍受他们的成功，于是从言论上予以否定，有机会时处处掣肘，“防止”其成功就成了他们的本能选择。

“我赚了些钱以后扶持一下我的老乡，并不是因为我思想有多好，其实也是为了自己……”一次闲聊中，一位浙江商人这么说。十多年前他贩卖蛇皮遇到一次变故破产，就是靠着同行中的老乡，他身无分文从湖北经过六七个城市回到老家，一路有人接待衣食无忧。后来又是靠着老乡的资源，东山再起，重新创业。

如果与你联系最紧密的亲友、同事都比你差，那么在生活中一旦遇到一两次重大难题，你连一个可以借到钱的人都没有，而那些“陌生”的成功熟人并不能给你实质性的帮助。

大家好，才是真的好！这个“大家”有时更指向你身边的“大家”。就像国家之间的关系，周边国家经济都很繁荣，往往带来发展机会和稳定的形势；周围都是穷国，那么你就会常常受难民潮冲击。

善待身边的“大家”，摒弃“远交近攻”的不良心理，生活中的“小丽”们应该做到这一点。

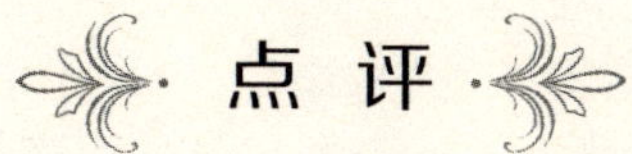

点评

国人很务实，烧香拜佛、祭祖都会提条件，要求神佛、祖宗保佑自己升官发财。然而有时候又很不理性，对于比尔·盖茨、李嘉诚的财富传奇钦佩有加，而如果身边某人过得比自己好了一点，往往内心酸楚，暗自希望他能衰下来。如此心态，一生中当然难遇贵人扶持，贵人常常不是天上掉下来的，而是自己的心态招来的。

股神

博客是个好东西，常常能够同时满足博主和看客双方的心理需求。博主晒幸福晒得自然，不必到社交场合故意引人发问，然后才晒出自己买房买车等亮点。只要在自己的博客上贴个图片，自言自语一番，不愁熟人们不知道。至于看客，以往要打探熟人隐私很费事，得旁敲侧击好半天，才能得到一些碎片信息，回去还得“缝缝补补”，用想象力当黏合剂，才能大致拼出个大概眉目。如今省事了，不时地隐身偷窥熟人的博客，就能了解对方的最新动态了。

“阿力又买了一套房，150 平方米。这些天正在装修……天啊，他采购的这些卫浴设备都是世界名牌……”某天，老婆惊呼。

阿力是我们的一位文友，三年前调到一个市场执法部门当小头头。那个部门级别很低，职务晋升空间不大。阿力在原单位已经混得不错，我们一度觉得阿力的调动并不明智，每月三四千元薪水，福利还不如原单位好。

“三年里买了两套房，虽然其中一套有可能是按揭，也够吓人的!”老婆一边在网上查阅这两个楼盘的均价，一边按着计算器，很快算出一个吓人的数字。再按中等装修计算装修费，然后加入填满两套房的家具、电器价格。“乖乖！额的神啊！”拿句时髦且不太弄得明白的话来说：这让我们这些穷朋友活得情何以堪！

“靠薪水当然不行，这几年我炒股赚了一些钱！”老婆忍不住在QQ上和阿力聊了几句，阿力说出了自己的赚钱门道。

“阿亮去埃及旅游了，一家三口一起去的。前几个月不是才去过韩国吗？”那天，我忍不住惊呼起来。

阿亮在一家大企业采购部工作，虽然薪水、福利都不错，毕竟只是工薪阶层。他居然一年能携家带口出国几次，还开着三十多万元的私家车，着实也让我们这些友人莫名惊诧。看着那些海外风光照片，看着照片里阿亮一家得意的笑……我们鼻子都忍不住莫名酸楚。

“死工资能有多少？我全靠炒股赚了些钱，要不然在国内都游不起……”阿亮告诉我们。

不是说这两年行情不好吗？怎么他们炒股都赚了大钱？老婆认为有可能不少股民怕别人都发财，故意说炒股亏本了。

“明天就去开户，咱们也要炒股！”老婆下了决心。

“千万别炒股，亏死你！”老婆把要炒股的事情告诉大嫂，大嫂劝她道。

“我有个亲戚买了套别墅，儿子还出国留学了。他虽然在一家医药公司当经理，按说也没有这么多钱……后来他说主要是炒股赚的。去年我也参加炒股了，还不时向他请教，结果亏得一塌糊涂。”大嫂说。

于是，炒股的事暂时搁置了下来。不久，听说阿力被停职了。又听说他在单位名声已经很不好了，传说他私下收了一些不该收的钱。这次即便查不出什么大问题，估计也会调到一个不可能捞油水的岗位。

“看来阿力的股票很快要亏个不停了……”我叹息世上少了一位股神。

“看来想要炒股赚钱，先得谋一份好工作。”老婆也终于有些开窍了。作为草民的我们，恐怕这辈子都不会有当股神的可能了。

点 评

信息时代让人足不出户就能见多识广，然而信息泛滥也会带来副作用，那就是无从辨别哪些有用，哪些是“毒药”。这就需要我们有冷静的头脑，多分析、多琢磨。如果人云亦云，胡乱见贤思齐，最后死都不知道怎么死的。

平民需要的财富偶像

不知什么时候起，经济学家在普通老百姓眼里大多成了反面人物，他们一发言，往往马上引来一堆“砖头”。某年两会期间，吴敬琏大放厥词说：“在城市拆迁补偿方面，按市场价格进行补偿是不合理的，因为城市化是全民的成果，其利益不应该完全给房主，应建立城市化基金，将这些收益按照一定的规定来分配。”话音刚落，网上就骂声一片，个别愤青甚至在留言中“问候”了估计已经过世的吴母。不过，笔者所在小区的居民却对吴大师的此番言论难得地大加赞赏，佩服他真了解情况。原来，小区外面的鱼塘两年前被填，建成了一片“高尚住宅区”。于是一墙之隔的那个城中村，人人都成了百万富翁。不仅如此，村里用土地使用权入股，在他们村地面上建立的好几家大商场、大公司里村委会都成了股东。村民们每年什么都不用做，年底就可以分得不菲的红利。

天上掉馅饼，原来并不是神话，共产主义生活可以通过不劳而获轻易获得，这对于一墙之隔的市民们是莫大的刺激。有些人下岗后经过几年奋斗终于当上了小老板，有了每月几千元的收入，原本充满了自豪，可是和隔壁那些村民相比，顿时泄了气。干得好不如运气好，那勤扒苦做还有什么动力？

“你们这里还算好的，在广东我们打工的镇上，当地原住民哪个不是靠征地富得流油？不少人大字不认识几个，名片上挂着好几个小厂的厂长头衔。那些投资办厂的商人看他们在本地人脉熟，有什么治安、报关之类难题就请他们帮忙解决，他们挂个虚衔每月做不了几件事，每家工厂给好几千元月薪。想想我们天天加班，一年下来又能赚多少？真是人比人、气死人。”表弟对我说。

“赚钱不费力，费力不赚钱。”这句俗话如今在生活中似乎越来越得到了验证。国人崇拜的财富偶像往往是那种赚钱特别快，速度超乎一般人想象力的富豪，比如比尔·盖茨和李嘉诚。可是这样的偶像离一般人距离实在太远，除了每年公布、未经他们本人确认的个人财富数字，我们对他们几乎一无所知。虽然市面上有各种各样的伪励志文章传播着他们的创业故事，明眼人都知道那大多只是穷文人适应市场需求编出来骗稿费的，没有多少可操作性。所以，国人真正的财富偶像其实是自己身边已经富起来的人，这些富人未必非常富，而且多半不出名，可是因为被周围人熟知，最容易在潜移默化中引导别人的行为和价值取向。

“我现在也是个主编了！”前年一个朋友突然来访，骄傲地递给我一张名片。原来他承包了一家核心期刊的增刊，成了一个只有高中文凭的学术杂志主编。看看这本印刷粗糙、排版呆板、内容东拼西凑的杂志，我很替他担心，这样的杂志能赚钱吗？他不会是烧钱玩吧？要知道以前他只是个推销药品的业务员，文化底子可以用“薄如蝉翼”来形容。

一年之后，这位朋友坐上了“奥迪”，短短一年他的个人财产就翻了N倍。原来他光每年收取论文版面费就赚好几十万元，再不时地找到一些举办评比活动的机会，获得的赞助就更可观了。比较一下和他差不多时候下海创业的朋友，做小生意的，大多原地踏步没有多少发展，而且活得很累；代理销售工业品、日用品的，虽然赚了一些钱，可是市场竞争激烈，前途未卜；只有他这样从事“特殊”行业的，赚钱似乎全然不费工夫。

“找体制内的漏洞去赚钱最容易，比如我承包学术杂志。现在靠市场的杂志生存有多艰难？读者才不管你是省级杂志、国家级杂志，不好看就不买。可是我们这类杂志是世界上仅存的靠级别吃饭的杂志，那些花钱发的论文当然没有任何学术价值，不过只要发论文和职称挂钩，咱们就不愁没有饭吃，学校的厕所永远不用担心没有纸用……”朋友得意地说。

说穿了，他们其实就相当于“熊猫烧香”病毒中那只烧香的熊猫，哪里有漏洞哪里就有机会。看看我们身边，这样的“熊猫”其实很多，然而却没有多少“杀毒软件”去制约他们，只能让那些“熊猫”大量繁殖以后互相去竞争了。

踏踏实实做生意赚不了大钱，靠天上掉馅饼或者自己去钻空子可以发家致富。这种现象的存在使得平民的财富偶像被扭曲，机会主义思想战胜了勤奋苦干的创业精神。如果只有承包一段公路的施工、揽下一个学校的后勤供应才是致富捷径，那谁还有动力去投资充满风险、充满市场竞争的行业呢？

许多中年人谈及20世纪80年代，都觉得那是个有精神的年代，那时有一部日本电视剧影响了整整一代人，那就是《阿信》。它讲述了一个女人从童年一直到80余岁自强不息，顽强奋斗的一生。《阿信》最吸引人之处是塑造了一个很阳光的平民英雄，她给人一种积极向上的精神动力。

或许我们的社会应该多创造一些让阿信们能够脱颖而出的环境，一个阿信成功了，势必能带动起她周围无数个阿信。这比一个懒汉撞上大运，或者一只“熊猫”烧香成功，带动周围无数个“梦民”“熊猫”好得多。

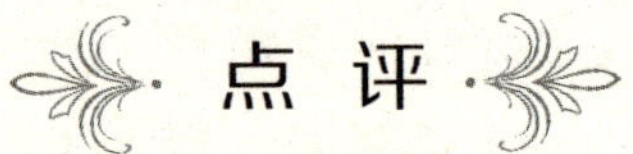

许多人在年轻时代喜欢看励志故事，虽然旁人看来或许有些幼稚，但自己的精神状态积极向上，充满活力。随着社会经历的增加，励志故事就渐渐失效了，原因在于身边越来越多的“成功案例”似乎都在证明“马无夜草不肥，人无横财不富”，于是便泄了气。这一方面需要净化社会环境，堵塞各种漏洞，树立正面成功榜样；另一方面得靠自己培养定力，横财虽然可以致富，但毕竟来路不正，难以心安。

穷人的光阴

小侄儿职高毕业后进了一家电子厂，每天加班加点，一个月下来才两千多元。干了几个月之后，看不到前途的小侄儿便辞职了，等着半年后去外地跟一个亲戚学做生意。

有半年的空闲时间，小侄儿便没日没夜地玩起了网络游戏，几个月的打工工资都用在了升级电脑配置上。

“玩玩网络游戏无可厚非，不过上瘾就不好了，你就不能腾出一点时间学点有用的东西？”我时常劝他，然而效果甚微。小侄儿的想法很简单，作为穷二代，自己根本没有资本和官二代、富二代竞争，所以便脚踩西瓜皮——滑到哪儿算哪儿了。

“就算你随波逐流，过几年要谈恋爱、买房子、结婚……经济任务重得很，不抓紧时间提高自己，以后恐怕会越走越艰难。”我说。

“没钱就不结婚，单身也挺好！”小侄儿满不在乎。

我觉得小侄儿有些不懂事，然而他的想法似曾相识，他的那些话好像我年轻时也说过。

“懂事就像参禅，要靠顿悟。前几年我也天天打游戏打到深夜，你们劝我，我根本听不进。现在突然清醒了，过几年就三十岁了，再不努力，这辈子说不定就完了。”大侄儿对我说。

对于大侄儿的“顿悟”，我很欣慰。比较一下我的同学，彼此基本条件差不多的情况下，往往谁“顿悟”得早，人到中年以后就混得相对好一些。不少同学1995—2000年就离开了单位，或南下打工，或经商。他们大多在房价很低时已经买了第一套房；房价渐涨时，他们已经有一定经济实力，许多人按揭了第二套房……如今同学聚会，那些富二代、官二代固然混得很滋润，穷二代中也不乏已然中产阶级者。

大侄儿如今一心钻研软件技术，虽然他看到大学同学中有些人靠着家庭背景，无须努力也混得很好，但他并没有放弃努力。结婚、生子、养老，这些问题绝大多数人无法回避，越是没有家庭背景，越需要更多的精力投入才能顺利完成这些人生课题。

“高档小区里根本没有麻将室，低档小区几乎每幢楼里都有一两家，路边还有不少露天牌室。一寸光阴一寸金，看来世界是公平的，富人多金，穷人时间花不完。”一位富同学到我家做客，对我们小区遍地麻将声颇有感慨。

时间是黄金还是粪土，其实常常取决于当事人的认识。当你觉得“这辈子就这样了”，那么时间就失去了意义，你会在游戏和麻将声中等待人生尽头的到来。如果你觉得还有许多事必须去做，那么就会感到光阴似箭。面对富二代、官二代，穷二代就像带着“0∶3”的比分登上足球场，时间一开始就很紧迫，因为你要追赶。

穷人的光阴，应该是一寸光阴两寸金。

点评

随着社会阶层固化趋势渐渐明显，拼爹现象越来越泛滥，于是不少屌丝青年刚走上社会就失去了斗志，觉得无论怎么努力，也无法追上富二代、官二代。这种自暴自弃的想法，不仅害了自己，也是缺乏社会责任感的表现。时代总在发展进步之中，要相信努力终究会或多或少地改变命运，而不努力就完全失去了成功机会。

财运人生

虽然都知道算命是迷信，虽然信息时代的到来让人们掌握了越来越多的科普知识，不过随着现代人压力的日益增大，运气这种看似虚无缥缈的东西，常常被寄予特别的期待。杂志摊上，面向青少年的《星座测试》、面向女性读者的《情感测试》大多很畅销，而男人们最关心的往往是财运。

从手相、面相、生辰八字真的可以看得出财运吗？以现有的科学知识分析，答案当然是否定的。不过中国有句俗话，“3岁看到大，7岁看到老”，如果说有什么预测稍微有一点靠谱，大概是从一个人小时候的言行可以去推测他日后的运势。

小毛、小龙、小军是我从小一起长大的朋友，我们一起生活在工厂家属区。我们的父母都是“三班倒”，因此从上小学起，不时地买菜做饭就成了童年和青少年时期的必修课。我们几个家境差不多，父母平日给的零花钱也差不多。不过小毛显得最穷，几毛钱的早餐都常常不吃；小龙则最富，经常买小人书、吃臭豆腐。久而久之，我们都知道小毛常常把自己的零用钱、早餐费倒贴进为家里买菜的支出上；小龙则相反，常常虚报菜价吃“回扣”……于是小毛买的菜总是便宜得像批发价，小龙像是菜贩回回都欺负了他，小军则实报实销没有什么引人注意的。三种不同的买菜态度产生了不同的结果，小毛一度被父母、邻里认为是最能干的孩子，小龙虽然常常挨批可是偷偷得了实惠……

一晃二十年过去了，三个人如今有了不同的生活。小毛在一家国企当劳资科长，单位效益不好不坏，在一帮昔日同学伙伴中，小毛的收入水平居于中等稍稍偏下。不过工作轻松，职位稳定。在单位，他一直被同事视为能人，当然“能人”称号的得来，是靠常常贴钱出力帮人办事，就像某年春节晚会一个小品中郭冬临扮演的角色。小龙目前在广东一家民营企业跑业务，账面上的工资不高，不过经营过程中经常打些“夹账”，实际到手的收入也算不错了。他们老板是草根出身，知道国人身上常见的“劣根性”，所以给经营人员的工资不高，同时对适度的“小动作”睁一眼、闭一眼，这也是一种具有中国特色的管理手段。而小军是个老实人，做事认认真真一五一十，原本他父母担心他长大了会吃亏，会没有出息。好在他成绩好，大学毕业后进了上海一家外企。他严谨认真的做事风格很适合外企的要求，渐渐当上了技术主管，收入在同学中属于上等偏下水平。

三十岁以后，大多数人的生活趋于定型，渐渐各就各位，可骨子里还残留着一些青春骚动。小毛有时候也会抱怨收入少了点，小龙会觉得打工的公司档次不高，小军会为素质比他差的同学发了财而不平衡……

其实回头看看他们各自的人生历程，从童年、青少年时期开始，不同的价值观就让他们向不同的方向努力着。到现在，他们基本都实现了自己“第一志愿”的生活方式，没有得到的那些东西只是因为精力、能力有限，不可能实现鱼与熊掌兼得。

算财运其实不必去求签或者看相，自己的财运绝大部分由自己掌握着，冷静地自我分析一下，一般都能算出个大概。

点评

无论科技水平如何发达，算命先生似乎总不用担心失业，因为命运这玩意儿太神秘，再高级的电脑程序也不可能算出一二。虽然时至今日，文化水平越来越高的人们未必相信算命之言，可是心理上总会去寻找一些寄托，希望能算出一个好命来。

命运虽然无常，大体上其实还是有规律可循的，那就是“种瓜得瓜、种豆得豆”，你一直在播种什么，渐渐就能收获什么。算命不用求人，你自己就能大致算出来。

搭伙难求财

“一根筷子耶，轻轻被折断。十双筷子耶，牢牢抱成团……”十多年前，付笛声曾经唱过这样一首脍炙人口的流行歌。

“一个和尚挑呀么挑水喝，两个和尚抬呀么抬水喝，三个和尚没呀么水喝呀……”而这首歌流行的年代更为久远。

之所以想起这样两首有些“古老”的歌，是因为不久前，朋友小李的第一次创业惨遭失败，他和两个好朋友合资开的美容院倒闭了。说起那两位曾经的好朋友，小李愤愤不平，形容为“画虎画皮难画骨，知人知面不知心”。

“亏了几万块钱，不过认清了两个损友，也算是一点收获。”小李最后“欣慰”地说，虽然从表情上看不出一点欣慰之情。几乎可以肯定，他那两位朋友此时对他的评价也好不到哪里去。

放眼四周，为什么我们周围几个人合伙做生意很少有成功的案例？尤其是那些刚刚起步的创业者。他们都明白在如今创业门槛越来越高、市场风险越来越大的情况下，孤军奋战犹如一根脆弱的筷子，随时可能被折断。可是无论多好的朋友，甚至亲兄弟一起搭伙求财却往往不欢而散。

《西游记》中描写了一次很成功的团队合作，唐僧师徒四人经过九九八十一难，最终取得真经。分析这四个互相陌生的人可以顺利合作的原因，紧箍咒的存在是维系他们团结的纽带。通过紧箍咒，取经意识最强烈的唐僧约束住了本领最大的孙悟空，又通过孙悟空约束住了猪八戒、沙和尚，于是一路上虽然猪八戒屡次鼓噪“分行李”，四人团队却始终没有散伙。

比较西方人合伙做生意众多的成功案例，国人搭伙求财屡屡反目为仇的根源首先出在创业之初。在中国，能够达到合伙投资的信任度，彼此起码是多年的朋友。中国的儒家文化一贯推崇“义”，耻言“利”。国人合伙做生意的筹备阶段往往是其乐融融，大家一起憧憬着美好的未来。而西方人此时恰恰是“撕破”脸皮签合同、定制度的时候，此时应该尽量把对方假设成潜在的贪污分子、刚愎自用的蠢材、不负责任的小人……这样通过合同、制度编织出一道尽量没有漏洞的“紧箍咒”，彼此戴上，让法律充当唐僧，来约束各自的行为。脸皮撕破得早，一旦经营过程中出现困难，有人想“分行李”回高老庄，合同上可以找到他应该分得多少财产的依据。经营状况不错，每个人应该得到多少利润，也可以找到严格细致的划分依据。

丑话说在前头，往往能让搭伙求财的路上省却许多内耗，可以将精力更多地运用到商海竞争之中。而开始一团和气，草草写个协议就开张，往往把丑话留到了后面去说，最后撕破了脸皮，不仅生意失败，最好的朋友也变成了敌人。

出海之前，必先造船。那些细微、琐碎的事先约定，彼此制约的条款就像铆钉、胶水、焊条，它们能使得这艘船更加坚固，经得起未来的风浪。

搭伙求财，成功与否往往取决于起步之前。

点评

“君子耻言利”，千百年来儒家思想让我们有了这样的观念。然而绝大多数人并没有当君子的胸怀，嘴里不言利不代表心里不思利。而且既然搭伙做生意，不言利言什么?

先小人后君子，一开始场面难免略显不和谐，可是能预防多种后遗症。偏偏大多数合伙经商者，选择了先君子后小人，最后往往不仅赔本，连朋友都没得做了。

胆识

小林突然富裕起来了，生意好的时候一个月可以挣十多万元，就在一年多前，他还和我们差不多。当时的他已经经商 9 年，却只能挣出一份普通白领的薪水。

“给，终于可以把钱还给你们了。咱们是老同学，付给你利息显得太做作。这样吧，晚上请你们全家吃饭。”那天，小林还给了我两年前借去的 2 万元，还硬把我们拉上他的新车，去了一家颇有档次的酒店。

“赚钱其实就是靠胆识，什么智商、情商都在其次……”酒过三巡，小林滔滔不绝说起了他的成功经验。可能由于成功不久，城府不深，倒没有故弄玄虚。

“两年前我看准了这个项目，可是贷不到款，所以只有四处借钱。幸亏我平日人缘好，死乞白赖总共找到了二三十个债主……虽然看准了，不过心里还是没底，觉得只有三四成成功的希望。一旦失败，我肯定血本无归。我都想好了，假如真到了这一步，只好和老婆一起偷偷去广东、福建躲起来，打工为生。欠下几十万元债，这辈子或许都不能回来了。”小林感慨不已，沉浸在对自己“胆识”的佩服中。

老实说，我们听出了一身冷汗。幸亏老天保佑小林发财了，假如他投资失败，看来根本不会还我们的债，我们也许这辈子都见不到他了。他冒险可以博一下发财的运气，我们跟着冒险，顶多只能赢得本金以外的一餐饭。

“这没什么稀奇的，许多平民出身发了财的，都这样。我们没有这个胆识，借了别人的钱，晚上觉都睡不好，生怕将来还不上。所以我们不可能发财……”老公说。

原来这就是所谓的“胆识”，有点“无毒不丈夫”的味道，其突出特点是赌博时不仅自己豁出去了，还敢于押上别人的“身家性命”。对于这种“胆识”，如今许多“成功学”爱好者还颇为欣赏，有机会就会去效仿，这点很是可怕。

一位写文史的朋友考证出，“无毒不丈夫”这句俗语最初应该是“无度不丈夫”，意思是大丈夫要有“度量”，后来传着传着走了样，“度”变成了可怕的“毒”。事情虽然搞清楚了，然而许多国人恐怕不肯改过来。与憋屈的“度”相比，他们更喜欢有胆识的“毒”，所以恐怕“丈夫”们会一直“毒”下去。

如果要靠“胆识”才能致富，这种成功其实没有值得炫耀的成分。

点评

常言道：“一将功成万骨枯。”成就一位名将总会要有牺牲，牺牲谁？敌人除外还有手下。经商用不着玩命，但也会有财物上的牺牲。有些人便毫不犹豫牺牲亲友，能发财，成就了自己；亏本了，亏别人的。如此致富最终得不偿失，亲情、友情失去容易，要找回来难，多少钱也难买到。

放得下，所以拿得起

十几年职业生涯，在好几个老板手下打过工。老板中虽然不乏年纪轻轻、资产过千万元的成功者，老实说相处久了往往也觉得不过如此，有时候甚至纳闷，此君资质平平，也不见有什么魄力，怎么偏偏他发了财？思考的结果往往是这家伙运气好，假如给俺一个支点，说不定俺也可以撬起地球。

黄老板兼并我们公司时不过三十多岁，第一天见面就给大家没有留下什么好印象。由于身材矮胖臃肿，一身名牌休闲服穿在他身上皱皱巴巴，像地摊货。可能考虑到公司生产线工人比较多，他讲话时故意偶尔带几次粗口，企图拉近与员工的心理距离。可是却不讨彩，因为粗得不地道。

靠转手贸易起家的黄老板管理工厂很不在行，四年工夫，千万元资产亏成了净负债两百多万元，公司停产了。当初兼并时黄老板把家搬到了厂内一座小楼里，于是他每天上街都成了难题，要债的供货商，讨欠薪的工人天天在院子门口“布控”，晚上时不时有人向小院扔啤酒瓶进行“空袭”，大声叫骂各种类型的诛心话。我想黄老板也许快要崩溃了，可是几个月过去了，偶尔在街上遇见他，他居然红光满面，肥胖的身材一点不见消瘦。随便聊了几句，他的口气还是大得像亿万富翁。这次我真正佩服了他一回，“敌军围我万千重，我自岿然不动”，这种心理素质也许能让他东山再起。果不其然，两年后他又渐渐恢复了元气。

许多人不缺乏聪明的头脑、果敢的勇气，可是为什么一些看似不起眼的人往往可以当老板，自己却不能？也许差异就在于某些“微量元素”上，“拿得起、放得下”说起来简单，做起来却十分不易。商海中常常能见到许多“不死鸟”，几度破产又能几度雄起，抗打击能力也许才是老板们的核心战斗力。

“最近成绩不太理想吧？”那天我问二叔，他是有十几年股龄的资深股民了。“我炒股不会有亏的时候。行情好的时候赚钱，行情不好赚感情。现在账面上是亏了一点，可我在其他方面赚了。同事、邻居平日关系一般，现在大家都亏了一点，感情上特别容易产生共鸣，交流的时候就融洽多了。不像以前要么就是埋头干活，要么一聊天情不自禁就会扯是非，最后闹矛盾影响团结。而且聊股票没有代沟，不分男女、雅俗，大家同遭套牢彼此格外亲切。那些领导，平时我们也不知道和他们交流什么好，弄不好就会被理解成拍马屁，打小报告，现在一起谈几句股票，说不定有两只股票我们都套上面了，成了难友……”没想到股票亏了他还能找出那么多值得高兴的理由，难怪他一直坚持了这么多年。

当损失不可避免时，有人垂头丧气，有人一蹶不振，也有人总能找到自我安慰的理由。不同的态度决定了不同的结果，“放得下”其实就是一种精神免疫力，有了这种免疫力，“挫折”这种病魔就不容易彻底击垮你，大不了从头再来，精神没有被摧毁，重获成功就大有希望了。

点 评

拿得起很容易，再多的钱也没有人会觉得拿着烫手。放得下却很难做到，虽然很多人自称淡定，不在乎利益得失，可是麻将桌上输了一点钱，脸色就会剧烈变化，让旁人看着都尴尬。

是否放得下，常常能决定你能走多远。因为轻装上阵才能有战斗力，你什么都背着，舍不得扔掉，注定没法跑赢别人。

精算人生

当年侄儿面临成年后的第一次重大选择——高考。在报什么专业上，大哥夫妇很开通，只要不是就业前景明显不好的，随侄儿的兴趣自由选择。不过在报考院校所在地上，大哥夫妇希望他选择在江浙沪范围内，哪怕学校名气不如同档次的其他学校。

谈到为什么希望侄儿去江浙沪读书，大哥的解释是那里经济发达，尤其适合理工科毕业生发展。我问他有没有考虑到那边生活费用比较高，四年下来要比在本市读大学多花不少钱，而且侄儿回家一次也很不方便，其实大学毕业后再去那里找工作也是一样的。大哥说算了一下，确实有可能多花两三万元，不过绝对是值得的。提前四年去将来定居的目标城市上学，这四年恰恰是孩子可塑性很强的青春岁月，四年下来侄儿应该可以融入到这座城市之中，不再会有“客场”作战的感觉。而且在学校所在地就业，四年积累的同学、老师“人脉”能最大限度地保留下来，有助于他今后事业的顺利发展。

可怜天下父母心，我不得不感慨大哥想得真细，而且这种“精算”的确对侄儿的一生是有帮助的。中国人几千年来总结出来的成功要诀是“天时、地利、人和”，所以大学里的成绩往往不是决定今后发展前途的最关键因素。我们的一生其实都在和时间赛跑，在赛跑过程中消耗着“人生成本”。身边许多人大学毕业后孔雀东南飞，到了一个生活节奏完全不同的陌生城市。一切从零开始，经过几年磨合终于渐渐稳定住了自己在这座城市的位置。此时不知不觉已经到了谈婚论嫁的年纪，是买房在这里安家落户？还是拼命努力积累一大笔钱，然后回老家过相对悠闲的日子？似乎一切才刚刚开始，如此高难度的选择题就不得不做出快速抢答了，因为你已经快30岁了，社会在催着你尽快“而立”。

留下来，让人喘不过气来的工作压力就将一直持续今后几十年，因为这座城市的高房价以及其他高消费；回家，伴随着相对悠闲的是事业机会的减少，还有一座曾经熟悉如今却又变得陌生的城市。相信临近30岁的“北漂”“南漂”一族，大多会经历这么一段痛苦的历程。

把可以预见的问题尽可能提前解决，也许相对小的付出将来就可以收获大的回报。

投资其他项目延误了时机还可以等下一次，而人生的投资每一步都会影响到下一步。一辈子短短几十年中，一般只有三十多年可以用来发展事业，怎么让这三十多年中少一些用于适应、磨合的消耗，的确需要尽早认真规划。如果你能比别人提前一两年找到相对稳定的工作和发展方向，如果你能比别人提前两三年买房定居、决定好这辈子的落脚点……那么一切都会从容得多，由此减少了手忙脚乱带来的错误选择。

一辈子可以赚多少钱？因人而异。但就个人而言，缩减摸索和走回头路的时间，你的人生就多了一些实战时间，因此也就多了一笔靠自己精算出来的财富。

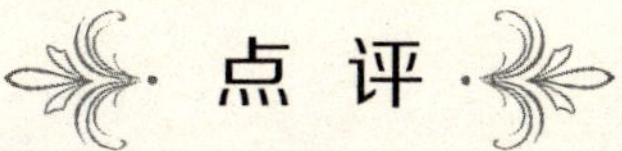

点评

年少时对于财富的梦想往往是“大富大贵”，经历几年摸爬滚打就会知道这是小概率事件，一般人即便终生奋斗也难以实现。比较靠谱的做法是步步为营，抓住每一次哪怕小小的机会，积少成多。所以精打细算尤为重要，老百姓的日子都是计算出来的。

现在进行时

“要是当初接手大学门口的那个门面就好了！”叔叔叹息道。

2012 年年初，下了岗的叔叔去人才市场蹲了三个月，由于年纪超标，连份保安的差事都没有找到。想到工厂倒闭前自己好歹还是个科长，在对就业歧视进行了一番愤怒声讨之后，他不得不考虑自己创业当老板。

像许多初次创业的中年人一样，叔叔选择了开餐馆。一来自己以前曾经在厂食堂炒过大锅菜；二来觉得“生的炒熟，对半出头”，餐饮本钱小利润大，实在卖不出去自己吃了，只当加强营养。

有了经营目标，叔叔接下来要考虑的是找门面。正好此时一个熟人准备移居到深圳去，有个位于大学门口的餐厅门面要转让。叔叔去观察了几天，从早餐一直到夜宵，周边的小餐馆几乎家家顾客盈门，然而三千元一个月的房租让叔叔犹豫了。犹豫了几天，有人又给他介绍了另一个门面，地段比较偏，房租每月只要一千元。这下叔叔思想斗争更激烈了，最后他选择了每月一千元的那个门面。

“我刚当老板，没有经验。一下子投入太多资金，弄不好把八九万元家底都扔进去了。那个便宜门面虽然生意可能比不上大学门口，不过可以在那里练练手，积累了经验再去找好门面……”叔叔对我们解释道。

一年过去了，叔叔似乎有了经验，付出的代价是亏了几千块钱。而当初大学门口的门面最终转给了叔叔的一个同事，人家赚了十几、二十万元，如今已经开了第二家店，那个同事其实也是第一次创业。

一年之间，一个收获了丰厚的利润和自信心，一个不仅没有赚到钱士气也严重受挫，这都源自当初选择的不同。好的门面提供了一次极佳的创业机遇，这种机遇也许几年才会出现一次。可是叔叔却选择了先去“热身”，殊不知创业就像上战场，根本没有“热身”“积累经验”的说法，你已经处于战场之中，唯一要考虑的就是眼下必须尽可能地消灭敌人，并让自己活下去，根本无须考虑明年、后年如何如何。一次失手，你可能就没有明天了。

未雨绸缪，过多地考虑“长远战略”，这大概是有一定文化的中年创业者的常见病。相比之下，一些看上去有勇无谋、综合素质不高的创业者却往往能把握机遇，通过一两次“遭遇战”的成功，一举改变了自己的人生轨迹。

“现在写稿子越来越没有前途了，互联网摘文章不给稿费，报纸、杂志在网络冲击下前景越来越严峻……”前几天，几个文友聚在一起闲聊，大家似乎都看到了文字行业不堪预测的将来。于是有人提出现在去学点别的技术，以便将来改行；有的觉得应该多了解一些商业知识，适当的时候可以投笔从商……说来说去，似乎都忽略了两点：一是理论上将要到来的行业危机现在还没有真正到来，而且将来会造成什么样的冲击还是未知数。二是截至目前，在座几位最拿手、最能赚到钱的还是舞文弄墨。

“生活中最重要的是现在进行时，尽力把现在可以做好的事做到极致，这其实就是最好的未雨绸缪，至少你可以积累一笔将来用于改行的本钱吧……”我装得像长者一般告诫他们。他们若有所悟，不知道是不是装的。

点评

眼前比将来更应该放在优先考虑的地位，然而国人总喜欢当战略家，高瞻远瞩。为了将来牺牲现在，可将来具有高度不确定性，个人眼界又有局限性，所以最后常常赔了夫人又折兵。没等来美好未来，现在也弄得一团糟。

现在是将来的基础，还是认真过好每一个现在吧。

四两拨几斤

郎咸平在一次讲座中痛批中华文化，归纳为“浮躁、投机”，其中举例说《借东风》和《空城计》就是浮躁、投机的典型案例。

以目前的天气预报水平，准确预计几天后的风向风力，尚极有难度，何况三国时期？所以诸葛亮即便熟知天文地理，借东风依然是一次赌博行为。至于空城计，以一人之小品表演吓退十五万敌军，更是超级大冒险。

郎咸平举这两个例子说明国人喜欢投机，当然会刺激愤青们的神经。于是很快有人指出，《借东风》与《空城计》的背景都是敌众我寡，不得已而为之，不能代表国人喜欢投机。

然而说国人喜欢投机者，其本意或许不在批评诸葛亮，而在于千百年来，老百姓一直对《借东风》和《空城计》津津乐道，似乎对这类“四两拨几斤”的计谋格外情有独钟，大家普遍存在投机心态。

与《借东风》相比，《空城计》中双方实力更为悬殊。诸葛亮的城中仅 2500 兵丁，而城外司马懿有 15 万大军。这样的比例很能让读者、观众、听众兴奋，千百年来，无论京剧、评书，《空城计》都是容易让演员出彩的剧目。

“司马懿前军哨到城下，见了如此模样，皆不敢进，急报与司马懿。懿笑而不信，遂止住三军，自飞马远远望之。果见孔明坐于城楼之上，笑容可掬，焚香操琴……”《三国演义》中这般写道。此情此景拍成电影，很有观赏性。然而有一点令人费解，纵然司马懿多疑，既然已经兵临城下，向城墙上的诸葛亮发射一阵箭雨，搞一下“空袭”应当没有任何风险。如果司马懿这样做了，诸葛亮恐怕早成了“刺猬”。

中国的小说常常经不起这样简单的推敲，好在也没人去推敲，大家都习惯于领会精神。在《空城计》中，国人特别欣赏的是小投入大产出，就像花 2 元钱买彩票，中了 500 万元大奖，那感觉令人神往。

有人说国人根本不喜欢投机，恰恰相反，国人的通病是求稳怕风险。这种观点论据也很充分，比如国人都喜欢当公务员，都喜欢捧铁饭碗，自己当老板创业的意识不强。

其实“求稳怕风险”与“投机”，是可以在一个人身上并存的。下海做生意，做得好“四两拨一斤”，再好不过“拨十斤”，已经是 25 倍的暴利了。然而相对于亏本有可能输光“四两”血本，许多国人还是觉得风险太大，不敢轻易尝试。而传销、博彩，常常能勾画出“四两拨千斤”的美景，极低投入极大产出，这种诱惑足以让许多人觉得亏光“四两”不再是风险，于是传销、赌博在中国往往特别有市场。

四两拨几斤？这往往会造成国人不同的处世态度，从中反映出某些文化基因。当然，中华文化博大精深，远不是“浮躁、投机”两个词可以概括，其主流是好的。我们正视缺陷，正是为了改良自新，发扬光大。

点评

谨小慎微和孤注一掷，有时候两者只隔一层窗户纸。所以我们常常能看到一些令人匪夷所思的新闻，诸如某老汉勤俭节约了一辈子，最后相信了陌生骗子的忽悠，拿出几十万元毕生积蓄去“投资”暴利项目……仰面摔倒还跌破了鼻子，这种“奇迹”往往是集谨小慎微和孤注一掷于一身者创造的。所以头脑发热时，我们应该反复提醒自己：冷静一点！

伟哥和五块泥板

或许因为自然灾害频繁的缘故，中国人自古就有节俭的生活习惯，一般百姓总要积攒一些钱作为防病防灾防老之用。因此假如葛朗台先生移民中国，大概也出不了名，如他一般吝啬的家伙估计大有人在。然而世事变迁，时至21世纪初，我们的周围都像雨后春笋般冒出许多“月光阿哥”“月光格格”，中国某些一般市民的生活水平大有迅速超英赶美之势。不过与之对应，我们的负翁数量也大大超过了欧美的富翁。近年来，上海家庭的债务比例高达155%，北京的家庭债务比例达到122%，而美国平均的家庭债务仅为115%。于是，住在装修精美的复式楼里每天吃方便面；晚上开着私家车偷偷跑“黑的”，躺在一万多元的床上担心这个月按揭拿什么还……这些成了白领小资一族独特的生活景观。超前消费如同伟哥，让你在得到一次次瞬间的快感之后，不得不面对长期的萎靡不振。于是，我们又想起了达巴希尔，这个5000年前成功地由负翁变成富翁的伊拉克老兄。

达巴希尔有个著名高级技师的父亲，因为有这样一笔“无形资产”作为信用保证，达兄可以成功地从许多富商那里借到钱，过上腐败而又令人向往的幸福生活。然而，达兄没有其父的高超技术，在巴比伦城只是一个中低收入的小白领，可想而知他的别墅门口很快成了讨债者联谊沙龙，他一上街就像名人一样身边很快围满了人——债权人……于是在一个月黑风高的夜晚，他把老婆送回娘家之后便加入了黑社会，从事起强盗这项很有“钱途”的职业。可是别人事不过三，他运气不好，第二次就不幸被抓住被作为奴隶卖到叙利亚。原本他是要被主人处以宫刑的，如果这样或许我们今天会看到一本阿拉伯文的《史记》或者《葵花宝典》，不过达兄估计有汤姆·克鲁斯兄的相貌、周润发的气质，因此主人的老婆希拉女士在对他进行了一番深及灵魂的启发之后，送了两头骆驼帮他逃回了巴比伦。于是有了达兄为我们留下的五块泥板，它们堪称个人理财方面的《葵花宝典》。

第一块泥板上，达兄决定自己任何收入的1/10都必须储存起来，以便有备无患。他说一个人若能将他用不着的黄金和银子存在口袋里，将为他的家人带来益处。如果一个人在他的口袋里永远只留一丁点儿铜板，那就表明他对家人漠不关心。至于那些完全没有积蓄甚至欠债的人，则是对家人残忍，而且他自己的内心也会遭受痛苦。因此，任何盼望有所成就的人口袋里都必须有富余的钱，这样他才可能去爱他的家人。看到这些话不由让我想起身边某位“月光阿哥”，他早早地过上了有车有房的高尚生活，为此每月要还4000元按揭。如他期望的，这几年他没有失业，身体也没出什么毛病，可是他那70岁的老爹不久前却不幸大病一场，医疗费需要数万元。“月光阿哥”这才想起当初贷款时居然没有想到老爹已经年迈，不负责任的超前消费从某种意义上是可耻的，往往等你意识到的时候已经只能留下悔恨。

达兄还决定自己所赚全部收入中应有 7/10 用来养家，这样既能让家人衣食无忧，同时又有些余钱用做额外的花销，以免遭受缺乏乐趣和享受的生活。想想那些为了住豪宅不得不让全家人长期节衣缩食的朋友，你们借债难道是为了让全家一起吃苦吗？

第二块泥板中，达兄说自己收入的 2/10，必须老实、公平地分成若干份，用于偿还给那些曾经信赖自己，借钱给自己的债主们。这样到了一定的时候，就能还清所有的债务。这点对于许多国人是不会去考虑的，银行贷款到期不还，人家会封你的房子收你的车子。至于找私人借钱，有就还一点，没有就拖着。钱借到手了，债主也就成了孙子，不必去理会他们怎么想了。正因为羞耻感和责任感的丧失，我们许多负翁缺乏努力去创造财富的紧迫感，从负翁翻身为富翁也就变得格外艰难。

第三块泥板中，达兄说他去拜访了每位债主，向他们解释，自己现在除了赚钱的能力之外，再没有别的资源可以用于还债，希望将自己收入的 2/10 平分后还给债主。现在只能偿付这么多，再多就没有办法了。但可以保证，假如他们有耐心，到时候达某终将尽自己的义务全数清偿债款。达兄相信，面对和偿还债务比赖账躲债更为容易。

达兄的这种做法在现代人看来需要不小的勇气，因为大多数人是有惰性的，潜意识里希望把困难拖到明天。债主躲还躲不过，自己找上门去，遇到几个素质差点的，给你点羞辱说几句让你下不来台的话是难免的。不过达兄的高明之处就在于主动上门，一来显得厚道，并为自己可以大白天在街上行走创造条件。二来世界上最希望你发财的人是谁？不是你的父母、妻儿，而是你的债主，只有你发财了他们借出去的钱才有回来的可能。在达兄由负翁变成富翁的道路上，几位债主起了关键性的帮助作用，债主可以转变为事业上最真诚的朋友，达兄敏锐地看到了这一点。你呢？

第四块泥板中，达兄说自己开始有些积蓄，终于能在朋友面前开始抬头挺胸了。到了第五块泥板，他偿还了最后一笔债务，大摆宴席，庆祝自己依靠勇气和决心终于完成了目标……

过度的超前消费是伟哥，因为它能带来最初的强烈快感，许多人明知道有害健康依然会去冒险尝试。当你开始体验到“伟哥”的危害时该怎么办？向达巴希尔学学吧，只要有坚强的意志和决心，再加上一点运气，你也能从负翁变成富翁。

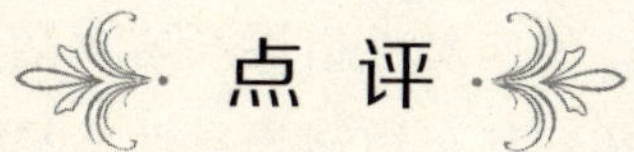

点评

未富先负，这是当今许多年轻人的真实生活写照。先负起来的那些人起初并不以为然，因为他们对未来的预期往往非常乐观。可是渐渐地，他们就会知道薪水不一定会越拿越高，房价不一定会一直暴涨下去……对于未富的自己，凡事还是得有个预算，才不至于某一天沦落至四处躲债的境界。

性格怎样决定财运

性格有无好坏之分？这个问题或许会难倒外国人，不过在中国，答案很明确：有！新中国成立之后30多年里，内向型性格似乎稍占上风，因为社会上推崇“做老实人，办老实事”。虽然沉默寡言不一定代表老实巴交，其中不乏内藏奸诈者，可是经验主义让人们笼统地觉得话少就代表可靠、老实，夸夸其谈肯定不是好人。

随着改革开放，外向型性格逐渐咸鱼翻身，占据了压倒性优势。与之对应，内向甚至被认为是性格缺陷，需要矫正。这样的认识源于人们想当然地认为外向者容易发财，内向者难以适应社会。事实果真如此吗？

我开过小餐馆，做过啤酒批发业务，曾经有段日子，的确感受到外向型性格更有优势。比如开餐馆时，小巷子里一溜七八家同行，僧多粥少，竞争异常激烈。怎么竞争？除了努力提高烹饪水平，拉客是免不了的，每家都会派一人站在门口“骚扰”过往的疑似潜在顾客，连拉带拽。好不容易拉进一两个，老板就要开始卖嘴皮子了，又是递烟又是套近乎，希望把客人留住。这种情况下，性格内向，遇事“温良恭俭让”，肯定会第一个被淘汰出局。

至于啤酒业，当时更是粗线条行业，不争不抢，根本无法对付竞争对手，所以更得外向性格才行。正因为低端商业往往得靠胆子大、脸皮厚取得竞争优势，而一般老百姓能接触到的有钱人，通常也就是这个档次的生意人，因而外向性格更易发财的印象，在底层民众中根深蒂固。

然而越往上走，接触到所谓高端人士，你就会发现明显外向的人越来越少。我做过某高端外资西厨品牌的业务代表，那段时间经常跑四星、五星级酒店，通常要找相关副总商谈。到了这个级别的管理人员一般都比较稳重，你说得多，他听得多。他的回应，往往只是简短的一两句。后来我做策划，接触到一些房地产大老板，几十亿元身价，就更是惜言如金，看上去完全是内向性格。

“他们创业之初或许不是这样，可是江湖越老、胆子越小，知道言多必失，满嘴跑舌头，会给人以轻浮、不稳重的印象。所以地位越高，话越少……”一位同辈告诉我。

性格有好坏之分吗？随着阅历渐深，你的回答会从明确变成疑惑。其实大多数人的性格原本就很难归类，诸多喜剧明星在台上妙语连珠很外向，可是在生活中都以内向自居，比如郭德纲、陈佩斯……我接触过的某位大老板，平日里对下级、同行惜言如金，但对高级别领导则很外向，鞍前马后嘴里很热闹。可见人有多面性，难以标签化、符号化。而同一个人在人生不同阶段，也会表现出不同性格。一位出身贫寒的老板，当年在摆小摊时能吆喝善拉客，很外向；后来身价过亿元，就很矜持内向了。

性格只有在极端情况下可以分出优劣，比如内向到了自闭症的程度，或外向到了多动症，就需要治疗了。除此之外，难分好坏。能与环境适应，最大限度达到身心愉悦和事业进步之间的平衡，就是好性格。反之，顾此失彼就是不良性格。

点 评

现代社会，女人怕撞衫，因为衣着彼此相似，就不时尚了。男人怕拾人牙慧，尤其玩幽默，如果抖出一个“包袱”，一下就被别人听出是从网上抄来的，肯定大感丢脸。唯独性格方面，似乎不怕相撞。几乎一边倒青睐外向性格，其实大谬。适合自己的性格就是好性格，就是能带来财运的性格。

寻缘把脉

虽然各种洋节打败了国产的大多数“土节”，好在春节依然是中国人最重要的节日，我们甚至丝毫不担心有朝一日它会被舶来品取代。

春节有着许多洋节也具有的特性，比如狂欢、休息、温馨，同时它又有洋节不具备的内涵：梳理人脉。这一点在日益务实的今天格外重要，所以我们才对春节能永远兴旺下去充满了信心。

岳父退休后在一家效益不错的私营公司打工，过年他用于走家串户的费用高达年收入的四分之一多。然而岳父丝毫不心疼，他认为这不是花钱，是投资。这些钱用出去了，可以保证他来年收入的稳定和增长。岳父的人脉网很简单，基本都来自血缘关系。许多年前，他所在的小村庄陆陆续续走出一批去省城闯荡的开拓者，许多年后便有一批姓陈的来自陈家湾的人，遍布这个城市各个角落，他们互相帮忙互相提携。初一到十五，仅在血缘范围内走动，就足以消耗掉他们过年所有的时间和资金预算。

有时候在想为什么已经进城许多年了，岳父他们身上重血缘的农业社会特征依然挥之不去？分析起来，大约因为他们曾经非常缺乏安全感，在这个陌生的城市孤立无援，是血缘建立起的最原始人脉让他们彼此有了依托。如今岳父的老板（他堂弟）已经身价过亿元，公司里除了技术人员，管理层全是家族内成员。他们村里愿意到他公司干活的都来者不拒，最不堪用的也可以安排个门卫的工作。

相比岳父，我父亲过年用于梳理人脉的开支几乎为零。父亲是因为“支内”从上海移民到本地的，骨子里继承了上海人的淡漠，兄弟姐妹之间都是一分一厘算得清楚，和其他人当然更热乎不起来。无朋无党作为古代清官尚可以博得一些虚名，父亲一介现代草民，身处很讲人脉的内地，如此“脉象”当然注定万事艰难。自己一辈子没有混上个“长”字不说，我们走上社会后也都起步艰辛，无“原始人脉”可依。

传说西方习惯按规则办事，人脉不很重要，于是许多国人心向往之。然而却都明白有生之年，国人讲关系的习惯是无法改变的，不能改变便只有适应。怎样建立人脉？无非寻缘：血缘、地缘、学缘、业缘……两代之内从农村出来的人很有优势，他们很容易靠血缘、地缘建立最基本的人脉网络。而老牌城市人就麻烦了，一切的“缘”随着时间推移都可以被稀释，唯有你手中有一些“原始资源”，才有可能交换出若干人脉。

“真累啊！”过完年，不少人长叹一口气。也难怪，对于许多人，过年其实是一年中工作量最大的时段。寻缘把脉，弄不好就笑肿了一张脸。

点评

“磨刀不误砍柴工”，如今指的“磨刀”可不是刻苦学习钻研某项技能，而是梳理人脉。可想而知，大量精力用于察言观色、阿谀奉承，难免身心俱疲。何况如同一段网络笑话所言，“即便自宫，未必成功!”如果“号脉”一辈子，一无所获，人生会是何等悲催。寻缘把脉还是悠着点，抱一颗平常心，不要寄予过多希望。

一言难尽的资源

“21 世纪什么最值钱？人才！”几年前在《天下无贼》中，葛优说出了这句之后流行了许多年的台词。何为“人才”？各类书籍中都没有标准定义，按世俗的理解大概起码应该是有用的人吧？至于何为“有用”，继续推理下去就更加复杂了。现在市面上最有用的似乎是手里有些“资源”的人。

一直以为“资源”是指物产，比如中东拥有石油资源，长江流域有水资源。说到某人很有“资源”，以往我会以为他是地主，家里有几亩地或者鱼塘。直到几年前的某一天我才恍然大悟，现在社会上所说的“资源”不是这些。某一天的下午，某个刚办不久的行业杂志的主编从广州打电话给我，之前一个文友把我介绍给他当编辑部主任。文友吹嘘了一番我的文笔如何如何了得，所以接电话时我的心情是愉快的，并且做好了思想准备，万一他要给我戴高帽子，我一定要忍住内心的得意，怎么也得谦虚几句、低调低调。不料主编兄一句也没有谈及文章，开门见山地问我手头有没有资源。

“资源？我没有啊，我老家有套旧房子，不过房主是我父亲，他老人家还健在……”我说。

“您真幽默。我们南方人说话直接，办实体嘛都是为了经济效益，我们聘请您，当然首先是要考虑您会给我们带来多大利益。比如您在发行方面有没有路子？在宣传系统有没有关系？在我们这个行业内部能不能争取到一些客户……”他开始循循善诱。我终于明白了，所谓“资源”是指人脉方面的。然而做文字工作，为什么不是首先考察文字能力，而是考察“诗外功夫”呢？

我最终没有加盟这家据说很有前途的杂志，不过后来渐渐对于“功夫在诗外”加深了理解。一次，表舅忽然打来电话，气急败坏地说去一家公司讨债与他们老板发生争执，现在与保安打起来，要我随便找个记者朋友过去曝光。大概是现场形势紧急，说完他就挂了。虽然我在一家小杂志社当编辑，平日也写过些文章，可是报社记者并不认识几个，编辑认识得比较多，但都不是我一个电话能够呼之即来的。于是，可怜的表舅最终没有等来“撒手锏”，晚上“挂着彩”上门鄙视了我一番：“亏你妈说你写了好几年文章，在日报、晚报上常常发表，原来都是吹牛……一个记者都号不动，这么多年文章白写了。我今天是又受伤又丢人啊……”

面对表舅的鄙视，起初我还不以为然。写文章是为了号得动记者？否则就白写了？这是什么逻辑。按照这种逻辑，李白、杜甫都应该遭到鄙视了。然而，事实证明表舅的思想是很有群众基础的。我的“文名”被一些亲朋好友传播开去之后，时常受到这样的称赞：“写文章好啊，和报社里的人混得熟了，有什么麻烦一个电话就搞定了……”原来写文章最大的意义就是获得“呼风唤雨”的资源，可以为自己和朋友排忧解难。

也许是群众因为不了解文化领域，错误理解了写文章的意义。可是，我很快找到了一个同病相怜的难友——在高校当老师的刘先生。在高校当老师在如今可是比公务员更体面的金饭碗，可是刘先生却也得不到周围人的羡慕或者尊敬，在他们眼里他是个不怎么样的大学老师。

“我们楼下张老师那是什么水平，前几年就在外面承包了一个印刷厂，院里面学生的复习资料都是他垄断印刷的，现在别墅、汽车都有了……”刘太太对我说。原来她们眼里的好老师也不是学问有多好，授课有多受欢迎，而是属于开发利用“资源”去挣大钱的人。可见不久前媒体披露研究生选择导师，往往紧盯那些富翁教授，想必也是想借用富翁教授的“资源”沾光也提前富起来。

当拥有“资源”的多少成为衡量各行各业所有人才的世俗流行标准，原本社会分工越来越细的趋势被扭曲了。无论你学什么专业，从事什么职业，公关能力都成了首先要培养并且不断“升级”的能力。如果你不能很好地“适应”社会，那么在本专业再怎么钻研也是没有“资源”的无用之人。这种风气下，人际关系也变得过于势利起来，有“资源”的人互相交换“资源”，变得越来越强势，越来越容易致富。没有“资源”的人荒废本职，把主要精力用于寻找开发“资源”。

《贞观长歌》里有一集讲唐军北伐颉利，在选副帅时，百官都推荐尉迟敬德，唯有房玄龄推荐新秀李勣，李世民犹豫再三选择了尉迟敬德，结果尉迟敬德谋略不足，不听李勣劝告出了大错。李世民反省自己的用人之道，说：“文官需要圆，能够平衡方方面面关系就可以了，才能稍有不足还可以忽略。武将是实打实要上阵较量的，没有真本事是万万不行的……”其实目前社会上的大多数工作更像武将，需要专业上的过硬，就本职工作而言，并不需要多少“资源”开发能力。一个社会就整体而言，更需要每个人做好自己分内的事才能使社会整体效益最大化。

21世纪最缺少的不是“资源”家。

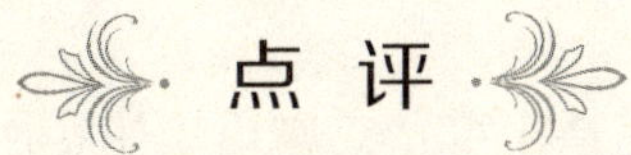

点评

靠山吃山、靠水吃水，这就是国人观念中的资源利用。可是这种“靠”常常被理解为挟持，利用对于“山水”的控制权竭泽而渔，尽量多捞好处。而且有了这些“资源”，就有了与人交换利益的本钱，这样的“靠”，其结果肯定是靠倒了一座山，靠坏了一池水。

做梦何必脱产

“你每天回家还是在写‘豆腐块’吗?”一个朋友从南方打电话过来。

“是啊!”我答道，语调显然是没有多少底气的，可能潜意识中把写作列入了没有什么出息的行为之列。

“还是不要写了，没有前途的，你看看……”他滔滔不绝地讲起了他现在的老板是怎么起家的，听起来着实诱人。现在可以称得上诱人的发家经历绝不是那些励志杂志刊登的艰苦创业纪实，阿信那种吃苦一辈子才混成亿万富翁，到死没有享受过几天幸福生活的成功已经不那么吸引人了。现在我们羡慕、神往的成功是别针换别墅，空手套白狼那种，得来全不费工夫，那才会让人心驰神往。

“是吗?这么容易一年就挣两三千万元!”我下意识地托住下巴，同时挡住可能从嘴角流下来的“哈喇子”。

然而到哪里去找块地说服人家把开发权交给我们，让我们去当坐地招商的无本开发商呢?这个着实犯难。阿Q在未庄还可以把赵老太爷意淫为本家儿子，甚至搜寻在举人老爷家搞家政服务获得的一点人脉资源，我在本市亲戚都很稀少，哪里会有什么“资源”?

在脑海里搜索数日，终于搜索到一个在土地局当科长的小学同学。2 月份刚开始，我便迫不及待地去给他拜了个早年。

“你是……?”老同学在我的不断提示下沉吟了半天，终于隐隐约约记起有我这样一个小学同学。坐了一会儿，天赐良机，打麻将三缺一，我便在他们家玩了一下午。

有了第一次拉近距离，过年期间我第二次去就直奔主题，告诉了他这个发财良策。

“什么?我这个纳米级小官会有这个能耐?拿地是这么容易的?说句老实话，真有这个能耐，我何必找别人分享，自己家亲戚去操作不是更放心吗?”他开诚布公地说。说话时没有眨眼睛或者转动眼珠，估计是真话。

是啊，人家有这样一个注定可以发财的机会，又怎么可能平白无故地送给你?看来空手套白狼不是每个普通老百姓都可以尝试的。

折腾一个月去找项目，代价是少了两三千元稿费，虽然这两三千元只是亿万富翁的一顿早餐（还是比较低调的早餐）。可是对于吾辈，这两三千元在日常生活中可是大写的“两三千”。

归于平静，继续写稿，继续上班。开年上班第一天，发现少了两个同事。一打听，创业去了！他们听说做盗版书利润相当丰厚，于是合伙成立了一个文化公司。因为“低调”，没有去工商部门注册。

但愿这两个外地来的年轻同事的这场发财梦不要成为噩梦。

“你还在那个小杂志社混着呢?没有前途的。这些天股票行情不错，一个月挣几万元都不稀奇……”昨天，一个老同事

（现专职股民）打电话对我说。

放下电话，我还是编我的稿子。至于炒股，偶尔去交易所看看就可以了。做梦本来就是业余时间在家里完成的，做梦一旦职业化了，梦往往不再是好梦，尤其那些关于发财的白日梦。

今后，我不打算做专职“梦民”了。

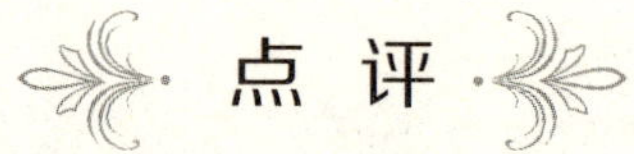

点评

好梦给人带来希望，催人奋进。噩梦有的一开始也会让人亢奋，其振奋作用往往更大。只不过前者是营养品，能增强体质，让你越跑越有动力；后者是兴奋剂，短暂的激情过后必然是萎靡不振。鉴别起来其实不难，梦靠不靠谱？按照自己的社会经验冷静判断一下，就能知道。

绑住“用人”

“晚上一起吃饭？不行，没有空。晚上我得加班排稿子，我们当编辑的总是很忙……”小丽对着手机说。

自从在网上认识了一批车友（自行车），小丽就成了有“组织”的人，双休日常常集体骑车出去郊游，游着游着电话便多了起来。面对那些“组织”框架外的私下邀请，小丽回绝的次数比较多，电话中最常听到的两句关键词是“我很忙”“我是编辑”。前者显然不是事实，我们杂志社其实清闲得很；后者虽然并非虚构，不过我们这样的私人小杂志社太不起眼，因此在外面通常低调得不敢自称编辑。

“你得让别人觉得你是个有用的人，人家才会有兴趣和你交往，你才能构建自己的人脉网络，获得更多的发展机会……”没想到小丽这样的80后女孩这么成熟老练。

不久，小丽的人脉就带来了经济效益，她私下接了另一本小杂志的文字编辑工作，上班时身在曹营做着“曹”“汉”两家的事，拿两份薪水。按说她在我们编辑部水平只是一般，如果不是有人觉得她是“用人”（有用的人）加以引荐，她绝不可能接到这样的兼职。

去年我搬了家，住进新居之后，老婆筹划着摆酒请客。

“你不是最怕麻烦，不愿意搞这些俗套吗?”我有些诧异。“现在这个社会孤家寡人干不成什么事情，工作又不稳定，常常跳槽，人际关系资源怎么才能保存壮大?只有靠不时地组织请客、办喜事绑住已有的资源，发展新的关系……”没想到才结婚两年，原本天真无邪的老婆就出落得这般成熟。

请谁呢?按照以往的惯例首先是近亲。可是虽然血缘近，看看那些名字却陌生，很久没有来往了。于是随便打几个电话邀请一下，没空来就算了。远亲中颇有几个能人，当然得重点邀请。有的和我们地位有些悬殊了，实在拉不来也没办法，好歹人家加深了点印象，以后万一有什么事相求，不至于被作为陌生人。接着是老同学、老同事……名单排出来一看，基本都是某方面“有用”，或者未来有可能成为“用人”的人。当然也有几个是纯粹友谊层面的朋友，不过他们在电话里说没时间，我们便很爽快地放过了他们……

“星期天有没有空?我给儿子办周岁……”昨天晚上，以前公司的部门经理突然打电话相邀。“恭喜啊!不过我们正好……”我推脱道。不知道潜意识里是不是觉得今后他和我们不会有什么合作可能，不值得劳民伤财去凑热闹。不过我内心有些感谢他，至少他还觉得我“有用”。

“那以后有空来玩。”他很爽快地放过了我。看来我在他眼里并不是“用人”，不免有些惆怅。然而转念一想，能被作为朋友其实更值得高兴。

通过办各种各样的“喜事”绑住各种各样的关系，谋求潜在发展机会。现代人用新思想传承着旧传统，这也算是一种“对立统一”吧?

点 评

“朋友多了路好走”这句话听起来很温馨，可是仔细琢磨一下又很寒心。扪心自问：我有没有能力帮助朋友“走路”，没有！那别人还会在内心把你当朋友吗？朋友的概念一旦变成了“有用的熟人”，我们难免都会孤独。

别无选择的盲目

数风云人物，就产量而言，近二十多年无疑是高产期。虽然这些风云人物大多只是匆匆过客，没几年就淡出人们的视野，被滚滚“后浪”淹没了，可是他们对于普通老百姓思想观念的影响是巨大的，比如当年的“股神”杨百万。

“我们厂党委书记今年到宿舍区来拜年，居然说‘恭喜发财’了……”20 世纪 80 年代中期的某个春节，我所居住的工厂宿舍区里流传着这样一个新闻。那个时代，报纸、电视并不能给普通老百姓带来多少资讯，你的官职高低决定了你获得信息的多少。宿舍区里的人能够接触到的最高干部就是厂党委书记。有句诗云：“春江水暖鸭先知。”他就是我们全宿舍区居民了解政策冷暖的那只鸭。

将信将疑中，一个个个体户在我们身边相继发了财，过上了天天抽“希尔顿”、餐餐吃“爆京片”的幸福生活。于是，我们彻底相信了国家确实在鼓励我们发家致富。相信归相信，羡慕归羡慕。可是怎样才能发财呢？靠工厂发的百把块钱工资显然是不行的，辞职去干个体户？个体户是没有劳保的，年纪大了没有退休金、没有公费医疗、没有住房分配，尤其后者，在当时的城市里你再有钱也买不到房子。有了这些“没有”，除了农村进城、“两劳”释放、待业人员，没有几个城市居民敢于砸了铁饭碗去抽“希尔顿”、吃“爆京片”。

等待着，等待着。1990年终于来了，同时也带来了一个风云人物——杨百万。与以前的王进喜、陈永贵不同，杨百万没有什么可歌可泣的事迹可以去感染人，也不是小时候就跳粪坑救人的“高大全”英雄。他感染人的唯一原因就是他姓氏后面的“百万”二字，他就是那个时代老百姓眼里的“李嘉诚”“比尔·盖茨”。除了百万，另一个使他能成为平民偶像的理由是他的身份只是某单位仓库的前主任，他炒股用的本金也是大多数老百姓拿得出来的。另外，炒股不必辞职，可以端着铁饭碗炒，这点大大增加了社会各阶层的参与性。

“和尚动得，我就动不得。”这是中国老百姓最惯用的类比思维。杨百万这个“和尚”如此普通，因此他的发财能够激发出来的“动力”可想而知。于是，证券交易所里便挤满了拿着菜篮子的老太太、打着毛衣的少妇、从办公室溜出来看行情的小干部……

沸沸扬扬了几年之后，证券交易所门口卖盒饭、摆报摊的小贩大多发了小财，老太太、少妇之类的小股民不是割掉了积累多年的“血汗肉”，就是炒股炒成了“股东”，眼看着理论上的资产一点点变少。

杨百万当然是无罪的，他并没有号召大家跟他学。是老百姓太傻了，明知自己不是那块料还要去送钱？当初确实是许多专家这样认为，可是现在回头看看，那时候你在想保住自己的“劳保”“房子”的前提还想发财，有什么渠道？除了炒股，别无选择。

杨百万随着漫长的熊市渐渐被封存到了中老年人的回忆中，这时一个虚拟的进口理财偶像横空出世，那就是某个按揭买了一套大房子的美国老太太。该老太太除了性别和虚拟的国籍以外，公众对之一无所知。她是肯塔基人还是加利福尼亚人？年轻时是律师还是清洁工？为什么她一个人还按揭，难道她一直是独身主义者？虽然疑点重重，不过国人一向不喜欢理性思考，习惯了靠“感悟”去领会精神。很快，从舆论到老百姓，效仿美国老太太，鄙视中国老太太就蔚然成风了。

像股市一样，敢于盲目地第一批进入房市的勇敢者同样收益颇丰。买房之后，房价和工资都飞快地增长着，要还的按揭还是每月几百、千把块钱，于是越还越轻松。当年几万元买的房子不过三四年工夫就变成了几十万元，奔小康的速度快得让人没有一点思想准备。于是，买房成了老百姓社会生活中的头等大事。

“买什么二手房，起码买个 100 平方米以上的大房子。没钱？贷款啊，按照现在的政策即使以后还不上贷款，银行也不能拍卖你的唯一住房，赖着就是了！”我那没有多少文化的姑妈对于有利于她的政策一向了解得很清楚，并且有用活、用足的打算。想到她并不高的收入居然按揭了一套高档住宅，银行是凶多吉少了。

“我月薪 3000 元，每月还 2000 元确实紧张了一些。不过过几年工资涨到一万多元了，再还 2000 多元就不吃力了……”这是我朋友小李的观点。从每月几百元到几千元，20 世纪 90 年代末到 21 世纪初的几年，许多人的工资确实飞跃了。可是就像一个差生的成绩从 40 分提高到 80 多分，也许短期补习就能到达。可是从80多分要提高到100分就不是同样的时间能完成的。拿这位老兄而言，一家民营企业的普通技术人员，在一个内地城市月薪要达到一万元，估计不是看得到的未来可以实现的。不过有着小李这样乐观情绪的年轻人并不少，所以舆论再去否定“美国老太太”，去劝年轻人选择租房基本上是徒劳的。

“我觉得当房奴也不是一无是处，至少我的房子一直在涨……现在我不用像没有买房的人那样担心房子涨价了，越涨对我越有利。”我一位同事在艰苦还贷之余，痛并快乐着。房价上涨对于只有一套住房的房奴真的有利吗？他显然没有想过自己的住房如果卖了住到哪里去？如果不卖，理论上的财产增值又有什么意义？假如他以后准备卖房换更大的房子，卖价与当初买价之间固然可以产生“利润”，可是那时的新房子也已经涨了许多，这种“利润”与二次买房需要多支出的房价上涨部分相比，多半还是吃亏了。

与股市相比，房市兴旺时期的社会背景大不一样。经过多年改革，大多数人已经告别了铁饭碗，下海经商不再受劳动人事体制的牵制。可是，对于大多数普通老百姓，投资渠道依然是稀少的。存银行，利息之低与物价涨幅相比，显然是最不明智的选择。去搞个体经营，在许多地方没有“关系”根本租不到好门面，接不到有良好收益的项目，更无法规避过多的苛捐杂税，有数据显示最近五年中国个体户数量大幅减少……比来比去，房市便成了相对透明，可以相对公平参与的投资之路。

“炒股炒成股东，炒房炒成房东”其实并不可笑，杨百万和“美国老太太”也不是让中国老百姓不顾自身情况盲目投资的罪魁祸首。如果只有一个冷馒头可供选择，那么即便只能吃流食的胃溃疡患者也只能拿起它来啃了，这不是盲目，是别无选择。

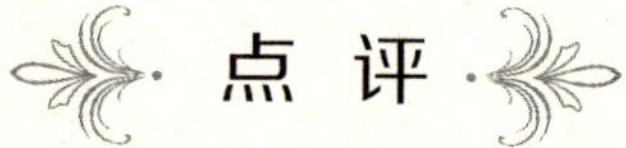

点评

有专家批评某些觉悟不高的群众迷恋高回报理财产品，认为这是不肯勤勤恳恳、妄图不劳而获的思想。可是该专家代表的银行业又何尝不是如此，何尝不想获得暴利？对于财富的追求只要合法，无可厚非。而给大家提供多样性的投资渠道，是防止经济泡沫的最佳方法，远比政策调控管用。

没有永远的敌人

童年是在一幢石库门老房子里度过的，小小的两层楼房住着十八户人家，各家孩子在这个狭小、相对封闭的空间里自然而然地形成了一个群体。孩子之间容易发生冲突，既而引发各自家长出来护短，于是两家从此结怨。孩子毕竟单纯，过不了几天往往就和好如初，这时已经撕破脸皮的两家大人常常会骂自己孩子“贱骨头”，勒令不准和“坏人”玩。

“冤家宜解不宜结”，20 世纪 80 年代初，这句农业社会流传下来的俗语在最城市化的上海依然适用，不过之后的二十多年，国人的观念却经历了过去几千年未有的巨变。

几个月前，敝公司老总和曾经承包经营过敝公司的陈老板打官司。这场涉及七八百万元金额的经济官司打了好几年，按说双方应该水火不容。可是开庭间歇，大家都在休息室吃盒饭，敝公司老总出去买酒，出门前拍了拍陈老板的肩膀说：“要不要给你带一瓶，反正顺路。”陈老板也欣然接受。最后大家一起喝着酒，聊着闲天，互相交换对世界形势的看法……这一幕让 20 年代 80 年代的国人看到，肯定以为这些人都得了精神病。

“山不转路转，都在生意场上，说不定哪天还得合作……”

下午出了法院，我们老总边挥手和陈老板道别，边对我们说。

撕破了脸皮还能合作？事实上这种事情在商场上已经司空见惯。同事大刘曾经找出协议漏洞，发起职工签名，最后把陈老板赶出我们公司。在大会上，口才极佳的大刘就像美国媒体战前渲染萨达姆的恶魔形象，他嘴里的陈老板基本也是人渣、社会败类了。就是这样两个曾经势不两立的人，前不久有人发现他们一起合作接下一笔橡胶生意。

“痛苦啊，每天都要和一些讨厌的人应酬、周旋。公司里的手下还个个需要提防……”一个富翁亲戚对我说。“你可以找一些靠得住的人当手下嘛。”对他的烦恼，我有些不理解。

“那怎么行，开公司首要目的是赚钱。比如我和你谈得来，可你是文人，不会来事，出去根本拿不到项目。我再怎么讨厌现在接触的那些人，他们能给我带来财富，我就不得不与狼共舞。”他抽了口烟，皱着眉头说。

经济深刻改变着人们的处世之道，这点在商界得到了最直观的体现。小农经济下自给自足，你可以不和你讨厌的人打交道，老死不相往来。如今作为一个强人，该撕破脸皮时就得撕得干脆利索。撕完后发现出现了共同利益，赶紧黏上脸皮，绽放笑容……

“没有永远的敌人，也没有永远的朋友。”这句话听来会让人有些惆怅，不过事实上后半句是错误的，我们每个人差不多都有永远的朋友，他们常常是对我们没有什么“用处”的老同学、老同事、儿时伙伴……那么，这句话只剩下前半句“没有永远的敌人”，听起来就舒服多了。

点评

为人不自在，自在不为人。只要你没有去找个山洞隐居，就难免要和自己讨厌的人相处，他们可能是同事、亲戚或者对手。好在经济时代，几乎人人都会调节自己的修养，常常动心忍性，曾益己所不能。

思路决定钱袋子

“穷人是算计着怎么控制消费去适应自己的收入，富人是算计着怎么赚钱去适应自己的消费。”这样一句无名氏创作的格言，被大大小小的报刊、网站引用着，渐渐地成了不少80后人士眼中的真理。相信不久的将来，另一位无名氏把这句话安到洛克菲勒或者李嘉诚嘴下，其传播范围会更广。

朋友小李原本是个传统分子，长期穿冒牌或者无牌西服，吃中式快餐，鲍鱼、燕窝认不得。可是有一段时间，忽然鸟枪换炮，身上的衬衣没有低于四百元一件的，出入上岛、星巴克是家常便饭的事。我偷偷问他是不是买彩票中奖了，他以自己的人格发誓没有；我心情顿时紧张，小心翼翼地问他最近是不是查出来有什么病，而这种病目前医学上还无法治疗？结果挨了他两记老拳。最后，他告诉我最近谈了个女朋友。

原以为他女朋友是富家千金，后来有幸一起吃了一次饭才知道，她们家往上数一辈是工人阶级，往上数两辈是农民爷爷，她本人也不过是个收入水平中下的小白领。

“小李以前太没有出息，区区四千元薪水就满足了。为什么会满足？还不是因为吃得差、住得差、穿得差，过得人不像人鬼不像鬼的，整天还盲目乐观，觉得钱够用了。”席间，小李的女朋友数落着他的种种“没出息”，说得我面红耳赤，我应该也在这“人不像人鬼不像鬼”之列。

“现在，我开始激发他的进取精神，大大提高他的消费水平，让他觉得钱不够用，手头拮据。这样他才能体会到自己处境艰难，迫切需要改变；才会激发起拼命赚钱的斗志!”她接着侃侃而谈。

听着她那符合“时代潮流”的见解，我的眼前浮现出周星驰在电影《鹿鼎记》中的场景：在皇陵，冯锡范拼尽全力眼看打不过韦小宝，最后亮出绝招，将两根钢针插入自己头颅之中，顿时激发出身体里的潜能……

我打了个哆嗦，隐隐觉得自己的头皮发疼。

小李的女朋友后来成为了小李太太，婚后两人毅然辞职，投身商海，结果不到一年就把从亲友那里借来的本钱亏得血本无归。按说这下他们的赚钱欲望得到了更大程度的激发，遗憾的是已经筹集不到东山再起的本钱了。

以超前消费来刺激自己的赚钱冲动，看起来似乎是猛药，可是赚钱不是下定决心就一定可以赚到手的，猛药的药性很容易伤及自己。古人破釜沉舟是在特殊情况下才采用的，并不是没事就砸自己的锅玩，逼自己去上餐馆。

花钱消费本来应该是件轻松愉快的事情，调整好收入水平与消费欲望之间的差距，让自己不至于感到委屈，也不至于被压得透不过气，这就行了。如果花钱都要上升到人生命运的高度，活得也太累了。

不管是伪名言还是真名言怎么说，花钱的事情应该自己做主，除非这钱不是你自己赚的，是“名言”作者给你的。

点评

“置之死地而后生”，人人都知道这个成语。不过翻翻史料，你会发现这种情况不过千分之一，千分之九百九十九的情况下，置之死地就死了。所以千万别用这种方法去激励自己，你多半没那么好的运气。

淘米的学问

小时候觉得做饭是天下最累的事情，因为奶奶每次淘米就要淘上个把小时，小心翼翼地从米中拣出和米颜色差不多的小石粒，最后吃饭时还是难免会被一两颗漏网之石硌到。

“在中国，能够研究透《新闻联播》的人就能发财……”一位事业上小有所成的朋友这样说。这话听着耳熟，估计不是他的原创。分析这句话的“营养成分”，除了有些故作高深、夸大其词，也不无一定道理。致富靠信息，而有用的信息往往就隐藏在浩如烟海的新闻报道之中。找这些信息过程和“淘米”相似，目标相反，相当于在一堆米中找到几颗值钱的“钻石”。

“在上海问路要给钱，许多人以指路为职业收入颇丰……”这样一条新闻被本地报纸转载之后，我身边的市民们纷纷嗤之以鼻，觉得上海人的斤斤计较又一次得到了证明。今年年初我到上海出差，几天时间累计问路不下四十次，没有遇到一个收钱的。可见这只是个别现象，被媒体渲染夸大了而已。回到本地，出了火车站，出人意料地遇到了一个吆喝着“收费指路”的人。过了几天在报上也看到相关报道，说本地火车站、汽车站旁出现了职业指路者，一次收一元。他们的“服务”对象大多是火车转汽车，或者汽车转火车的外地人。两个车站之间不到一千米，眼神好的手搭“凉棚”就能远远望到……食指一点就有一块钱进账，想必这类新兴职业者庆幸从新闻里过滤出这样一条实用信息。可惜这种职业门槛太低，容纳不了太多“同行”，愿意慷慨解囊接受这种服务的人又很有限，不久此新兴行业就夭折了，不过给城市形象带来的负面影响却一时难以抹去。

信息爆炸的年代，每个人在过滤信息时就像在做一道道多项选择题。经常考试的朋友都知道多项选择题是最难做的，难就难在选项越多干扰越多，相比于五个选项的多选题，现实生活中信息选项恐怕五十个、五百个都不止，更让人难以取舍。

机会总是光顾善于思考的人，近来深圳一些旅社经营者从日益严峻的就业形势中找到了商机，兴办“求职旅社”，面向外地来深圳找工作的大学生。“求职旅社”完全按照大学男女生宿舍的模式布置、管理，凭大专以上毕业证、学生证才能入住，另外还在走廊白板报上每天更新收集到的招聘信息……这一切都让外来求职者感受到了方便、舒适、安全，最大限度减少了水土不服带来的孤独畏惧感。与收费指路相比，“求职旅馆”可谓叫好又叫座。这些旅馆的实力无法与星级酒店，甚至经济型酒店抗衡。可是他们通过对社会热点的分析，找到了市场空白点，看看每年的大学毕业生人数，可以清晰地看到这个市场有多广阔。

读报、看电视是现代人生活的重要组成部分，随着大家经济意识的增强，媒体除了具有休闲娱乐功能，更为受众提供着经济“情报”。淘米需要好眼神，淘信息更是如此。

点评

二十年前，有人靠“金点子”谋生甚至致富。现在看来，当年许多“金点子”其实很平常，外国早有人那么干过。“点子大王”之所以能混得很滋润，得益于信息不对称，普通民众信息渠道太少。如今恰恰相反，信息爆炸，泥沙俱下，如何沙里淘金才是关键。这没有诀窍，多听、多看、多想，慧眼都是这么练就的。

唯自助者天助之

从小到大，除了脸，要算左手被人注视的次数最多。好些算命者看过我的掌纹，都觉得不太好。有的刚入门的算命爱好者说不出个道道，便指出了最直观的缺点——手太小，抓不住财。果然，一晃差不多半辈子过去了，确实不曾见到多少真金白银。不过对于手掌小就抓不住财之说，我却不敢苟同，因为朋友中好几个富人手就很小，亲戚中有几位一手可以抓起一个西瓜，却只是在建筑工地搬砖头。

看看身边那些已经“小康”“大康”的人士，我们常常会用鼻音情不自禁地“切”一声，以示不服。比如，我大哥看到已经有四五套房子，如今游手好闲坐收房租的同事大刘，就会这样。大刘原本是市郊菜农招工进的单位，家里若说有什么背景，那就是影响找对象结婚的“负面背景”。大刘买的第一套房子非常便宜，是单位房改初期买入的，第二套是后来他妻子单位房改时买的。

大哥夫妇也曾经有这样的机会，可是当时刚刚房改试点，他们都坚信国企的房子不应该出钱买，大家都有意见以后，肯定还会有福利分房。于是等着等着，房价从一点点到一大截一大截地涨了起来，当年市区边缘的单位家属区也渐渐成了闹市区。“我们这辈人买不起房是因为一走上社会就遇到高房价，你们以前赶上了好时候，怎么也会三世同堂挤在一起?”面对单位小青年的疑问，大哥常常如同被问及“为什么半个秀才也没捞到”的孔乙己，恨不得“之乎者也”起来……都是因为巴望“免费午餐”，结果连夜宵也耽误了。

同学阿虎多年未见，前几天在街上碰到，现在他居然已经是韩国某著名企业在华机构的中层管理者了。回想十二年前他曾邀我一起辞职南漂，我犹豫再三。那时候大多数非国有企业还没有社保、医保，离开了国企，年老了、生病了，被资本家扫地出门怎么办？犹豫着、犹豫着，阿虎就进了那家外企当了生产线工人。不时写信来说工资虽然高一点，但劳动强度远远高于国企，感觉并不划算。不过几番思想斗争后，阿虎咬牙坚持了一年，当上了报关员，收入提高了，工作环境也改善了……就这样十二年没有跳槽，阿虎终于熬到了现在的位置。

“其实我的资质很差，和我差不多时候南下的几个同学，有的已经当上了知名外企的大区经理。我只不过资历老，没犯错，跟着一步步走到现在。看看现在名牌大学的博士、硕士，进我们公司当普通职员都很难。我真庆幸我们那年月高学历的人少，机遇好……”阿虎侃侃而谈。

“我们是没有赶上你们这个好时代，国家硬把我们分到了这样的破单位……”现在许多不成功的中年人常常这样说。“曾经有一个很好的机会出现在我面前，可是我没有珍惜，世界上最痛苦的事，莫过于此。假如老天再给我一个机会……”其实他们心里往往有这样的独白。

假如老天再给你一个机会怎么办？你应该少抓一点老天给你的东西，有便宜的就不要等着抓免费的，有“钱”途就不要想着还能抓个“保险箱”在手里……现实生活中，小手掌往往才是“大力士”。

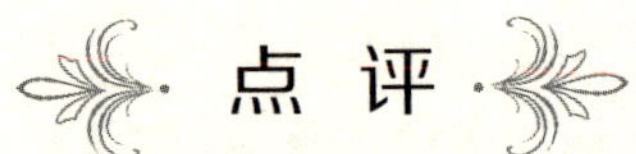

点评

小时候抓周，一般人都是抓一样，顶多两样东西。看来人天性是明智的，知道自己的小手能抓住多少东西。可是越长大似乎越糊涂，如果到了二三十岁再抓周，桌上又都是充满诱惑力的东西，不知道我们一只手想抓多少个，最后或许全部会掉落。

杨白劳是一所学校

如果要调查一下现代都市人最怕听到的一个词是什么，我想“借钱”大概会是热门选项。谁都知道如今的“黄世仁”怕“杨白劳”，钱借出去容易，要收回来就难了，弄得不好，钱也得罪了，人也得罪了，蚀了财还当了恶人。于是，越来越多的人选择了咬牙拒绝，免得人财两空。然而，因为这样那样的原因，不少人终究还是难免会当一两回“黄世仁”。

同事小D家庭条件不好，工资又比较低，每个月常常是寅吃卯粮，入不敷出。小D平日和我关系不错，有时便会在万般无奈下向我借个几百元。考虑到他为人还比较诚实，再说借的金额又不大，我便无法推辞地当上了“黄世仁”。然而金额虽小，对于小D来说还起来似乎仍很吃力，不知不觉中我便成了最迫切地盼望他进步的人。每当他业绩有所上升，我便也跟着有些高兴起来；有时候他工作不太顺利，有点垂头丧气，我会不由自主地去鼓励他振作起来。

对于我表现出来的关心同事的高尚情操，不少人都很敬佩，因为在这个人情冷漠的时代，这似乎非常难得。起初我也被自己感动得一塌糊涂，差点热泪盈眶，可是静下来想想似乎我并没有那么高尚，之所以如此关心小D，主要还是因为我盼着他能早点把钱还上……

熟人小 A 是个北方汉子，性格豪爽。所以当他问我借一千块钱时，我毫不犹豫地给了他。然而，我们的友谊非但没有因此加深，反而似乎埋下了一颗“定时炸弹”。那天因为一个不相干的国际问题我与他抬起杠来，这在平日是常有的事，抬着抬着，我占了上风，不免有点得理不饶人。正扬扬得意，忽然“啪”的一声，那声音像是包青天拍惊木升堂。抬眼一看，只见小 A 怒目圆睁，已经拍案而起。“不就是借了你两钱吗？有什么了不起的，这么神气！我明天就还给你！”说罢，拂袖而去。我终于意识到作为“黄世仁”应该时刻保持谦虚谨慎的作风，以免在不经意中伤害了“杨白劳”脆弱的感情……

亲戚之间借钱似乎是很难拒绝的，因此我又当上了表哥的“黄世仁”。钱借出去之后好长时间杳无音信，我想大概是表哥太忙忘了。于是采取了旁敲侧击之类古人传下来的方法提示了好几次，然而依然没有动静。倒是表嫂的记忆力一下好了许多，她忽然想起多年前表哥把他淘汰下来的那只手机送给我，当时该款新手机市场价一千元……这段回忆很快在亲戚中传开了，我这才意识到亲戚之间也应该明算账，自己当初确实有占小便宜的想法。要不是在表哥面前当了回“黄世仁”，自己这种贪小的心态也不会被表嫂揭露出来，或许以后会在外面吃大亏。为了感谢这一记“警世钟”，我决定主动免去表哥一千元的债务。

当了这么几回“黄世仁”，我发现自己的道德品质似乎越来越高尚了，对于自己身上存在的坏毛病也有了清醒的认识。

看来“杨白劳”是一所不错的学校，在这所学校付上点学费也是物有所值的。

点评

“不借钱给别人，也不向别人借钱。”这是《哈姆雷特》中一位反派人物的台词，说的倒是人生真谛。借钱出去不得罪人的情况，十中难有其一。除非你道德出奇的高尚，不在乎别人还不还，否则还是要谨慎。

还价

改革开放以前，买东西是不能还价的。商店里的商品都有标价，差一分钱都不会卖给你。随着个体户的出现，“讨价还价”进入了我们的生活。时至今日，无论国营还是私营商店，大多数商品都可以还价。

按说还价可以让人得到心理上的某种满足，十元的标价八元就买下了，不是省了两元吗？然而，生活中大多数还价者得不到这种满足，反而总会产生受骗上当心理。即便十元还价到两元，往往仍会担心别人一元就买下了。

“饶你奸似鬼，还不是喝了洗脚水。”《水浒传》里孙二娘这句名言在中国消费者中一直很流行，国人历来相信“无商不奸”，所以顾客一般都不相信自己还价能占到卖家的便宜。

原以为还价是国际通行的，不过最近听几个常出国的朋友说，在许多欧洲国家，零售商品是不还价的，某些国家甚至认为还价是不礼貌的行为。国人喜欢与国际接轨，不知道不远的将来，我们是否也会还原到“标价时代”。

由于不善还价，在当消费者时，我购物常有吃亏感，后来自己开了网店，几乎每天都能遇到还价者，有的一磨一个多小时，因此又体会到还价对于店家的折磨。现在大多数商品都是供过于求，顾客喜欢货比三家，所以标价肯定不能在同行中处于中上价位。然而低价吸引来顾客，他们又往往觉得再低的价也可以挤出水分，便会孜孜不倦地为之努力。在实体店中，彼此磨嘴皮子磨得口干舌燥；在网购中，双方电脑键盘上的字母怕是因此会磨损不少。有时候迫于无奈，象征性地让一点价，过后遇到不还价的老主顾，心里难免愧疚。怎么能让爽快人吃亏呢？

其实还价的危害不仅在于它对买卖双方都会造成心理上的不快，而且还价会对生活态度产生潜移默化的影响。邻居中有几个还价高手，都是中年女性，她们连坐公共汽车也喜欢“讨价还价”，比如还没到站就和司机商量半路就近停一下，有时甚至是在十字路口遇到红灯时要求顺便下车，显得很无知。有些人在完成自己的本职工作时，也习惯于拖工期、打折扣……“一切都有弹性，只要磨就可以让别人妥协”，这种还价心态对于国人十分有害。

既然还价并不能给大多数人带来快乐，我们不妨渐渐改变这一习惯，一切按规矩来，无规矩不成方圆。

点评

还价本身无可厚非，但还价过程中常常要昧着良心拼命贬低商家货物。商家知道顾客肯定会还价，预先会抬高价格。一来一往，交易便充满欺诈。如此游戏毁三观，潜移默化会降低道德水准，影响人际关系、社会和谐。

富而不贵的千万富翁

20 世纪 90 年代初，家财百万级人士往往被冠之以“百万富翁”的头衔，对此我们不觉得有什么语病。不过到了 20 世纪 90 年代末，“百万富翁”这样一种称谓似乎只适用于内地非省会城市了。百万元固然还算富有，不过只是相对工薪族而言，在富翁这个群体中，百万元顶多只能“擦边”或者“候补”了，富翁的及格线渐渐被提高到了“千万”。

如果富翁的档次可以折算成行政级别，亿万富翁以上者相当于高干，一般人接触甚少，而千万富翁则相当于中层干部，许多人都能近距离接触到。

好几年前，鄙人在一家杂志社工作，工作的内容是挖掘一些爱出风头的私人老板，有偿替他们做个人宣传。我的第一个专访对象是钱老板，那时他经营一家效益不错的装饰材料厂，有几千万元的身价。多年以后，之所以我还记得他，是因为采访那天，他特意穿了一件有几个破洞的旧汗衫，以示他不图生活享受，一心追求事业发展的性格。

从他的厂子出来，我们都忍不住笑了。为什么笑？似乎因为做这样的秀对于一个千万富翁有些不合适，如果由一个知名大富豪来穿这件破汗衫，效果就不一样了。破汗衫不是每个富翁都能拿来做道具的，得有相当资格。

后来鄙人跳槽到一家公司，公司老板也是千万富翁，千万得很低调。这种低调不是装出来的，而是迫不得已。公司业务主要来自某特大型国企，老板接触的大多是这家企业的科级干部，偶尔接触处级以上。与这些级别并不高的企业干部交往，他的千万元资产固然让人羡慕，可却并没有高人一头的感觉，相反常常要有求于人。到自己公司下属工厂逛逛固然让该老板自我感觉好了一点，可是与底层工人接触常常需要用粗话训人（他的个人经验）。不定期说粗话显然不利于小资风度的形成，因此几千元一套的西服只能穿出几百元的感觉，让人始终觉得他只是一个有钱了的小市民而已。

“我们这批人看起来成功了，毕竟有缺陷，富而不贵……”一位文化产业的千万富翁这样对我说。他是靠打擦边球在出版领域迅速起家的，速度之快让同行羡慕不已。不过他并非土包子，有本科学历，所以能清醒地总结出千万富翁普遍的“富而不贵”的状态。我问他怎样才能算“贵”，他说起码要在地方行业协会挂个理事、副会长，或者挂着象征社会地位的一些头衔，不至于见个科长都要点头哈腰。而这些，现在一般亿万富翁才会拥有。

看来富翁的标准又快要提高了，不过就“千万富翁”这个群体而言，他们其实是最有进取精神的，这种进取动力很大程度来自“富而不贵”的状况。在物质追求基本都满足了的情况下，精神追求能促使他们继续奋斗，这对于社会是件好事。起码他们的发展能促进就业，增加税收。

点评

千万富翁在当今的中国是中产阶级的主力人群，他们是社会的活性因子，调动他们的积极性，让他们有奋发向上的动力，整个社会就会朝气蓬勃。而对于屌丝群体，千万富翁也是他们努力奋斗可以够得着的远方。

商男商女

小志发了，居然买了两辆宝马。他开一辆，他老婆开一辆，招摇也不招摇地过市，让人注目。

小志当年高考落榜，只上了一所中专学校，学历自然不高。他老婆是他的同班同学，学历肯定也不高。他们两家父母都是普通工人，家境一般，也没什么特殊背景……我们这帮老同学私下这样分析过小志夫妇，几乎为他们找遍了可以发财的理由，可分析来、分析去，没有一条理由足以论证出他为什么会发达起来。

“这小子命好！”这是我们很无奈的结论。

“温饱思淫欲，饥寒起盗心。”古语说得一点没错。小志发了以后，常常闹出各式各样的绯闻，两口子为此经常从家里吵到公司，不时在众目睽睽之下上演“武打片”。这点让我们知道了，不由增加了新的鄙夷，还多了感慨。常言道，文人无行，现在文人都穷困潦倒了，商人成为了“无行”的代表。

虽然一度吵得势同水火，小志却不离婚。

可以理解，商人一定要视利益至上，其他都是虚的。离婚势必要分出一半财产给另一方，公司运转会大受影响。

就这样，小志在我们的羡慕兼鄙夷中，年复一年吃香喝辣。

忽一日，最新消息传来：小志面临破产。

毕竟是多年好友，我们几个甚至偶尔也会被他请去帮忙，怕万一出现意外，可以帮他报警，叫救护车什么的。

那日，我们被请到他的工厂，只见上百名工人已经将他团团围住，讨要拖欠的薪水。推推搡搡中，他着实挨了几拳，衣衫也被扯破了好几道大口子。不过他一点没有慌乱，甚至脸上略显傲慢的表情都还依旧。吵嚷间，他老婆被几个女职工从洗手间揪了出来，蓬头散发，就像“文革”时被批斗的走资派。然而她也没有慌乱，厉声斥责工人们不遵纪守法，丝毫没有惧怕的意思。

“不得不承认，人家还是有两把刷子的，换了咱们，这场面，说不定早就吓傻了。女的说不定吓得尿裤子了。”

“是啊，泰山崩于前，从容淡定，面不改色。”

事后，小志夫妇第一次得到大家背后的肯定。

破产危机大多来自资金链问题。因为三角债或什么几角债的原因，小志的公司周转不开了，才有了危机。过了些天，小志亲自去外地讨债，大概也是有点走投无路了，据说情急之下提着一大壶汽油，去债主办公室玩自焚，最终成功归来。

一年过去了，小志的公司转危为安。

这一年，我们也见识了富人不仅仅有吃肉的时候，也有挨打的时候。他们的成功不一定需要吟诗作赋的素质，却需要一些其他的“软素质”。作为小志，他不离婚恐怕也非完全出于财产考虑，换一个娇滴滴的“二奶”做老婆，可以同富贵，遇到危机，多半不能共患难。

每个人成功都有其理由，我们不必以自己的眼光去分析，这样只会徒增烦恼，同时也得不出真相。

点评

国人嫉妒心似乎特别强，有人将仇富心理归咎于这个理由。可是为什么会产生嫉妒？大多数时候源于对别人的低估，只看到人家不堪的一面，没有看到人家的长处，于是看到别人发迹了，便会愤愤不平，觉得老天不公。治疗嫉妒病不难，多去注意别人出色的一面就行了。

商人的奸与善

“无商不奸”，这句话不知道起源于何处，千百年来似乎一直是中国社会对于商人的权威性评价。中国是个注重“德”的国家，于是对于奸商自然不能给予太高的社会地位，哪怕你再有钱，在“士农工商”中也只能排在末席。

商人真的个个奸诈吗？从许多人的社会体验看似乎确实如此。菜场的小贩没有几个不玩秤的，商家促销的最终解释没有几个不设埋伏的……为什么中国商人总是显得比外国商人奸？究其原因，十分复杂。其一，中国农业社会格外漫长，大多数商人骨子里的小农意识难以彻底洗干净，于是自私、追求短期效益，便成了不少处于原始积累状况下的商人的通病。其二，杂交“商战文化”的熏陶。《三国演义》《孙子兵法》，许多成功的商人把政治、军事智慧运用于商战，“兵不厌诈”“成大事不拘小节”……在这些思想的作用下，每每不惜用“超限战”观念与对手搏杀，不择手段，诚信意识退居其次，久而久之，商人的名声可想而知。其三，中国儒家思想习惯于将“义”与“利”对立，凡与“利”沾边的行为都是不高尚的，容易被鄙视。在这种背景下，商人通过辛勤劳动获取正当利润也被认为可耻。明代著名思想家李贽曾经为商人鸣冤，说："且商贾亦何可鄙之有？挟数万之赀，经风涛之险，受辱于关吏，忍诟于市易，辛勤万状，所挟者重，所得者末。然必交结于卿大夫之门，然后可以收其利而远其害，安能傲然而坐于公卿大夫之上哉！"

"贪吝常歉，好与益多""慈能致福，暴足来殃"……事实上，古代中国商人中不乏儒商，他们常常会主动接受这样的观念，并且致力于慈善事业。最著名的例子是晚清首富胡雪岩，胡董事长自幼家境贫寒，经商致富后一直热心慈善公益事业，乐善好施，设立粥厂、善堂、义塾，修复名寺古刹等，被世人称为"胡大善人"。另外面对内忧外患的祖国，胡雪岩位卑未敢忘忧国，在左宗棠收复新疆过程中，胡雪岩主动承担各类军需物资的供应，调度有方。后又协助左宗棠兴办洋务，以图强国。

时至今日，商人在社会慈善公益事业中的作用越来越大。比如在汶川抗震救灾中，港台内地许多富豪都踊跃捐款，做出了不小的贡献。当然，与一些西方国家相比，热衷于慈善事业的国内老板，比例还不够多，但毕竟是在往好的方向发展，新兴富人群体需要一定的时间去学会适应新角色。

"他们捐那么多钱，还不是在变相打广告……"常常有人对富商的善举嗤之以鼻，他们显然还在被旧观念影响着，义与利为什么必须对立？假如义可以带来利，那么肯定会有越来越多的商人去做出义举，义和利如果能够产生良性循环，社会风气必然为之一变，人人向善不再是遥不可及的梦想。

点评

国人习惯于“黑白思维”，所以打量商人时也是“奸”“善”对立。而“善”的标准太高，是按活雷锋来要求的，可想而知没几个商人符合，于是都被划入“奸商”行列，“无商不奸”就此成立。其实我们应该允许“奸”与“善”适度共存，人无完人，善多善少都应该鼓励，总比不行善好。

一个富人死了

“王富贵死了!”听到这个消息，大家都吃了一惊，继而奔走相告。

王富贵可是我们小区暨我们原单位（已经倒闭）的首富啊！虽然区区几百万元资产放在江浙不过是个穷生意人，然而在我们这个盛产下岗职工的小区里他不知有多醒目；不知有多少位老公因为他，每天在家里被老婆讥讽，有些甚至走上了离婚道路。

虽然王富贵平日被小区里的许多人暗暗嫉恨，可是他毕竟没有干过多少坏事，更不曾欺男霸女（当然，他还没有这个势力）。所以48岁就英年早逝的他还是被邻居们寄予由衷的同情，相信大多数人并没有把他的噩耗当成喜讯，即便内心有一点点喜悦，也是多年来因为仇富形成的条件反射，不是故意的。

关于王富贵的死因有多种传说，两天以后大致统一到“肝硬化”。这种死因平淡无奇，难免让好奇心强的某些邻居稍微有些失落。如果是艾滋病呢？当然这样也不好，虽然富人得艾滋病是可以理解的，毕竟住在艾滋病人附近让人有些害怕。至于王富贵为什么会得肝硬化？由于这种病实在引申不出什么浪漫或者暧昧的色彩，大家便马马虎虎想当然地把它归咎于喝酒喝多了。王富贵以前在单位并不喜欢喝酒，怎么会因为喝酒造成肝硬化呢？大家再次想当然地推断他因为想揽更多的生意，于是应酬太多，于是肝硬化，于是死了……

王富贵的丧事办得很风光，小区里的邻居和旧同事大多送了花圈，随了份子。王富贵的死让不少人领悟到健康也是一种财富，就像一则广告里说的“有健康才有将来”，王老板不就是因为要钱不要命而失去了将来吗？而且据有关人士透露，这次王富贵即便不死，也元气大伤，因为治病就花了四五十万元。由此按照中学代数学到的知识推算，没病没灾就等于赚了四五十万元。这一计算结果顿时让人心情豁然开朗，原来咱们不是穷人，咱们一直是中产阶级。

小区居民的生活质量一度因为王富贵的死而得到明显改善，摆摊的老马晚上提前了一个多小时就收了摊；“爬格子”的小赵在写完那篇《健康也是财富》的感悟美文之后，一个星期没有写新东西，他老婆也没有干涉他看闲书；跑保险的刘姐走东串西游说邻居的频率也大大减少……更为难得的是听说老张家儿子进了外企，一个月工资8000元，有关他儿子的负面隐私典故并没有马上冒出来，足见王富贵之死让大家明白了某些人生真谛，理解了财富与人生的关系。

半个月过去了，一切渐渐恢复了正常。老马又推后了一个小时收摊，小赵某天晚上一口气写了七篇美文投稿，跑保险的刘姐星期天在我家坐了整整一下午……有人说老张的儿子以前嫖娼被派出所罚过款。

大家重新活得很累，要想再次歇口气，看来要等老同事中开酒店的那位大李传来噩耗了，不过47岁的他现在看来似乎还很强壮……

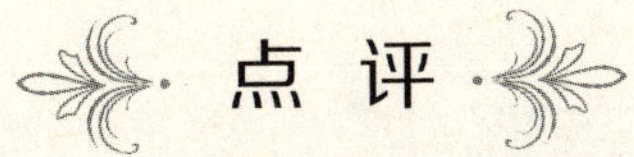

点评

我们常常会从别人的悲剧中得到顿悟，一刹那间仿佛什么都想明白了，可是要不了几天，顿悟又会顿失，一切恢复了原状。可见知易行难，不是自己不明白，是“臣妾做不到啊！”

兔子跑了还有蜗牛

国人很喜欢《龟兔赛跑》这个寓言，潜意识中，大多数人都觉得自己是“乌龟”。都盼望强者经常马失前蹄，让自己捡个大便宜。然而愿景美好，却不太现实。兔子中途睡着了实在是件滑稽的怪事，参加过赛跑的人都知道，高速运动之后心跳很快，根本不可能马上倒在地上呼呼大睡，除非兔子兄误服了安眠药。

在财富领域，“先下手为强”是一种常见形象。看看人家马云，首先看准了中国网络购物这片市场，于是成了亿万富豪。按他的话说，他现在就是停下来睡觉，竞争对手也追不上他了。

排行榜上的富豪咱老百姓见不着、够不着，还且罢了。身边先行一步，靠网络脱贫致富者也比比皆是。我家附近就有一位2005年开网店的主儿，四年工夫就挣到了两套大房子、一辆保时捷跑车……现在人家气定神闲了，传言网店要收税？人家交得起。万一税率太高，网络生意不好做了，他随时可以改行，手头有本钱啊！

最初开网店的那批人，只要货源不错，一直坚持了几年，如今大多已经是中产阶级了。而如今才开网店，即便价廉物美，即便服务态度一流，即便做了不少宣传，一年要挣出个白领工资都很不容易。

起跑线上定输赢，在新兴领域往往如此，弄得反应慢了几拍的人们常常后悔不迭。然而你为什么当初不开网店呢？原因大多在于顾虑重重，害怕风险。有些顾虑看起来很有道理，比如大家会不会相信网络购物？进了货无人问津怎么办？想多了，自然就举步维艰。殊不知事物都有两面性，正因为最初大家对网购有怀疑，开网店的自然就很少。店家数量和买家数量之间的比例，让经营者很舒服。如今网购已成时尚，顾客固然多了许多倍，店家增长倍数更高，而且“恶意买家”也已发展壮大起来，现在选择网上创业，已经难得多。

不过中国是个有着十几亿人口的大国，而且国民文化程度差异巨大。所以追不上“兔子”不要紧，当“乌龟”也无所谓，因为肯定还有许许多多“蜗牛”行动更为滞后。在网上淘出千万元资产的时节过去了，但混个小康还是有可能的，只要你开始行动了。

“昨天我看到一本新书，叫《明朝那些事儿》，写得不错！”一个朋友告诉我，我惊诧于他的迟钝，这本书两三年前就出来了。

“我刚才看到一篇新网文叫《疯娘》，很感人！”今天一个同事对我说。其实，这篇文章六七年前在网上就很流行了。

身边这么多类似的“蜗牛”同志，我们应该有这样的信心了：“什么时候开始都不算晚！”“兔子”跑了，我们可以赚“蜗牛”的钱。

点 评

“曾经有一个机会出现在我面前，可惜我没有珍惜……”只要有了一定年纪，大家或多或少都说过类似的话。所谓的“机会”真的一去不复返了吗？非也非也！市场总是有缝隙的，机会永远都会有，只看你行动了没有。

富负一代

随着00后渐成少年，中国不仅有了富二代，富三代也开始闪亮登场。然而有人研究这些“小皇帝”，也有人研究富一代“土豪”，却很少有人关注富一代的爹妈。至今这些老人家还没有一个称谓，我姑且管他们叫“富负一代”吧。

第一次接触“富负一代”是在十年前，那年一个老板收购了我们厂，并在厂区一角建起了一栋私房。有时非工作时间遇到紧急情况，我们就会去私房找他汇报，如果他不在家，我们就会在那里等他回来。那时，老板的父母经常会接待我们。一来二去，彼此就很熟了。

“你下雨天就会手臂痛？那是体内湿气重，要不要试着喝喝我们湖南的花椒茶？”有一回，老板的母亲说。于是我试着喝了几次，没什么明显效果，但还是说好多了，因为两位老人家太热心了。都已是七旬老人，每回我们登门都要亲手给我们泡茶。我们等老板的过程中，他们一直会陪着聊天。询问家里老人身体还好吗？我们工作累吗？收入还过得去吗？以前我们一直以为富翁的爹妈难免傲气，会看不起我们这些穷人。可是这两位老人颠覆了我们的想象，他们比我们小区一般的退休工人更亲和，丝毫没有父凭子贵、母凭子贵的思想，劳动人民本色不改。

后来跳槽去了一位亲戚开的公司，那位亲戚从炸羊肉串起步，最终成为一家大型建筑公司的老板，身价数亿元。不过平日待人接物很平和，没有一点老板架子，尤其对于在公司里打工的亲戚，无论血缘远近，从来没有解雇过一个人。后来我们常常去他家串门，每每都是他父亲接待，这才知道他的平和都源自父亲的家教。他父亲很早就丧妻，一个人带着五个孩子，一直没有续弦。

如今苦尽甘来，孩子们都富起来了，然而这位老父亲住在豪宅依然过着简朴日子，快80岁了坚持不请保姆，自己操持家务。遇到儿子的下属来访，无论对方什么年纪、什么级别，都热情招待，问寒问暖。许多员工见过老人家几面，就对公司多了一些归属感，觉得可以托付终身。

相比于那些平易近人的“富负一代”，也有一些老人，儿女只不过拿到了一两万元月薪，他们就嘚瑟得不得了，仿佛自己成了老太爷、诰命夫人。逮着个机会就要向人吹嘘儿女混得如何如何好，遇到儿女混得一般的老人，就会鼻孔看人面露不屑。正验证了一句话：“满瓶水不响，半瓶水晃荡。”

“富负一代”对于富一代影响很大，他们的思想言行往往决定着富一代的人生走向。“穷不倒志、富不癫狂”，“富负一代”有这样的思想，富一代通常就能富得长久一些。

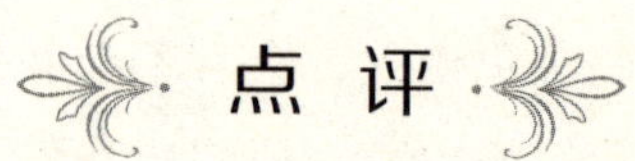

点评

行善积德历来为国人推崇，可是大多数人难免怀疑积德真能带来好运吗？尤其是能给下一代带来好运吗？其实这种情况经常存在于我们身边，只是你没有去观察。缺德者固然也常有发迹的，但常常富不久远。经过老一辈善行熏陶的创富者，往往能富得持久，因为他们更能找到与社会环境和谐相处之道。

妙手偶得

一档热门脱口秀节目里，某著名主持人说年轻人不必因为担心房价上涨而买房。作为穷人，听到这样的观点，我当然情不自禁在心里点赞。可是他的论据我不敢苟同，他说等你努力奋斗到年薪50万元、100万元时，纵然房子再贵你也买得起。

按照概率学计算，国人之中年薪能达50万元、100万元者，肯定不到1%。那么起码99%的人听了他的话，最后可能会居无定所，甚至老无所依。另外，奋斗成功并不等于有钱，只有极少数行业的成功者可以挣大钱。公务员如果挣到了大钱，估计离“双规”不远矣；教师如果挣到了大钱，多半是在外面搞“项目”……

为什么逻辑上说不通的某些励志豪言，常常会听得人热血沸腾、血脉贲张？因为它迎合了国人骨子里的“元帅情结”，许多人潜意识里都是想当元帅的士兵，而且觉得自己真有成为极端个例的潜质。然而你观察一下身边的成功人士，会发现他们原本往往并没有什么鸿鹄之志，根本没想过要当“元帅”。

我以前的老板是学服装设计的，毕业后到深圳打工，进了一家杂志社当美编。后来回本市自办青少年杂志，创业之初租用了一家停产企业的几间平房，他的目标只是混到一份高于白领的收入。然而不到两年，杂志月销量破40万册，很快他就栖身千万富豪行列，那还只是20世纪90年代末。如今，他几经转行，资产早已过亿元。

另一位亿万富翁是我的远亲，起步更低，乡下进城烤羊肉串。他的人生目标就是能在城里站住脚，混得不比一般小市民差。可是烤了几年以后，一次偶然的机遇，他当上了小包工头，再后来成了大包工头……如今他拥有了一家资产数亿元的大型建筑公司，是老家县里的风云人物。

这两人如今的境遇，当初他们自己也万万没想到。相反，我周围不少年轻或不年轻的朋友，动辄制订5年计划、10年计划，意淫将来必能超越自己目前的老板，个别人甚至觉得自己可以成为王健林、许家印。然而年复一年，头发微白，仍在草根堆里做着黄粱美梦。

归根结底，还是某些文人害人。有则故事流传甚广：秦始皇南巡，仪仗万千威风凛凛。年轻的刘邦和项羽见到后，分别发出了“大丈夫当如是也”和“彼可取而代之”的感慨，于是日后有了楚汉争霸……类似的故事很多，有的被直接当作了史料。然而有脑子的人都会疑惑：难道当时有狗仔队贴身跟踪刘邦、项羽？如此大逆不道的话，难道这两位会大喊大叫，让广大群众都听到？文人习惯于在成功人士头顶上画光环，美化、神化他们。这害苦了某些不习惯用自己大脑思考的人，他们真信了“人有多大胆，地有多高产”。

从一个普通人做起，踏踏实实、认认真真过好每一个今天。至于成功，往往是妙手偶得的事情，不是你有决心就一定能做到的。

点 评

以前有则段子讽刺粗人品诗赏画，实在说不出什么，只能每每以“有劲！有劲！”作为评语。粗人不懂装懂可笑，我们又何尝不是经常犯类似的毛病。比如发家致富难道有劲就能做到吗？当然不是！任何成功都需要创造性，往往不经意间就完成了四两拨千斤，当事人自己常常也难以总结出其中微妙的因素。

莫做 “老字号”

俗话说：“店大欺客。”不过既然是“俗话”，大多上了年头，常常不适用于现今。如今大店服务往往比较规范，小店欺客更为常见。

俗话虽过时，但深入人心，于是有时会带来意外的好处。几年前常去上海出差、培训，晚饭后百无聊赖，便会去一家五星级酒店坐坐。那家酒店大名如雷贯耳，也许因此吓住了许多人，不敢进去，所以大厅里人不多。他们的大厅宽敞明亮，沙发、茶几摆放得很舒适，我常在那儿坐上一两个小时，听老外弹钢琴、拉小提琴……试想一下你去一家深巷里的小旅店，不住店，只在前台旁边坐着休息，连续去几天，估计多半会被骂出来。

因为价格相对便宜，时代无论怎么发展，小店总会星罗棋布于我们身边。比如理发，一些品牌店贵得吓人，我很早就有些谢顶了，觉得去那儿不值，便常去社区附近的小店剪。

记得十多年前，我刚从三峡调回来工作，一次去家附近的一家夫妻理发店剪头。进去的时候，理发店那两口子正在吃晚饭，要我等一会儿。等了 5 分钟，那位老公吃完了，我以为要给我剪了。不料此时进来一个人，似乎与他们相熟。那位老公招呼也没打一个，竟然先给他剪了。过了 2 分钟，那位老婆也吃完了。可是又进来一个熟客，我竟然又被“插队”了。夫妻俩或许多少觉得有些不妥，抑或不愿放走我这笔生意，便叫店里一个打杂的小厮帮我剪。看到那小厮被赶鸭子上架的表情，以及拿着推子哆哆嗦嗦的手，我连忙落荒而逃……

“他们夫妻俩对我们挺热情的，只是因为你面生，以为是过路客。以后熟了，肯定不会这样……”父亲后来替他们辩解道。

欺生不欺熟，许多小店店主都如此。我认识几家副食店老板，卖给熟人的香烟是真的，卖给过路客则是假的。每每有过路客发现了，回来扯皮，知道真相的街坊熟人们还会替老板说话，甚至帮着造声势吓唬过路客。也许熟客们享受了买到真烟的“政治待遇”，觉得老板够义气不坑自己人，于是投桃报李助纣为虐。

按照经济学规律，那些欺客的小店早晚会被市场淘汰，可是它们偏偏大多长寿，有的还混成了“老字号”，比如那家欺了我的理发店去年都还健在。只不过它们始终没有得到发展，十几年、几十年如一日，蜗居于市井犄角旮旯之中。这些老板也没什么理想追求，能混个一日三餐便整日里喜洋洋了，你拿他没辙。好在一物降一物，市场收拾不了他们，拆迁队来了！今年年初，那家“老字号”夫妻理发店随着旧城改造拆掉了，它周边经常卖假烟的几家“老字号”副食店也成了残垣断壁。失去了往日那些熟客，今后要面临全新、陌生的环境，习惯了欺生媚熟的小老板们，不知道如何渡过自己的人生危机？

随着社会流动性越来越大，小农背景下活得有滋有味的那些欺客小店，终究会成为历史产物。欺客便不能生存，这应该是商业王道。

点评

“老字号”通常是成功的象征，可是大街小巷里，那些几十年如一日，始终没有发展壮大的“老字号”比比皆是。以往社会流动性小，造就了他们可以居安不思危，满足于自己的一亩三分地。但“逆水行舟，不进则退”永远是商场铁律，时代的变迁，让这类“老字号”没有了立锥之地。

亿万富翁

由于一直喜欢写作，我总会有意无意去观察各色人等。接触比我处境差点的人不难，与富豪阶层近距离交流，机会就比较少一些。

6 年前，应文友大刘邀请，我去他所在的南方某市玩。大刘在某报社工作，文章写得在国内颇有些名气，在他那座城市，更算得上名人了。

大刘高度近视，一直没有买车，所以在他那儿玩，都是由一位中年“志愿者”驾车陪同。起初我没有注意这位“志愿者”，后来大刘介绍说这位可是亿万富翁，旗下好几个公司呢。

“你们是网上认识的?”第一天的晚宴上，“志愿者”问，看得出表情颇有些疑问。于是大刘对他解释，以往我们虽未谋面，不过神交已久，不同于网上征婚交友那类。第二天去某公园，大刘有记者证，不用买票。我没有，于是“志愿者”买了两张票，同时对我在杂志社工作，却没有记者证，颇为狐疑。

“我们是休闲类杂志，无须进行新闻采访。”我说。“志愿者”便流露出一丝不屑的神情。

私下里，大刘说“志愿者”初中文化，靠个人奋斗白手起家挣得数亿元资产，所以养成了讲效率、争分夺秒的习惯，交际也只讲对自己有利无利。对于无用之人，是不愿意劳神去敷衍的。

或许认为大刘对他有用，所以第三天“志愿者”依然陪同，只不过开车的变成了他儿子。他儿子刚从某名牌大学毕业，谈吐倒是颇有见地，为人也谦卑有礼，全然没有富二代的张狂跋扈。假以时日，这位年轻人接班，倒可以让他老爸的产业升级换代。

对于“志愿者”，我倒也没什么反感。他身上有我熟悉的一些元素，比如以前在工厂，工人们很看重“报道”，觉得×××的亲戚是记者，是件很有面子的事情。而对于谁写了部长篇小说，却反应平淡。因为长篇小说虽厚，是读着玩的，而“报道”哪怕只有几百字却可以解决实际问题，有写“报道”的权力，别人就不敢欺负你。至于“志愿者”的势利，或许这也是他能用这么短时间发家的利器，只不过表现得太直观了，很可能难交真正的朋友。无怪乎许多暴发户一旦生意失败，往往众叛亲离。他们也不该怪世态炎凉，你怎样对人，人怎样对你。

4年前，因为做一个项目，我跟随策划团队去江南某市，全程陪同我们参观的是甲方房地产公司老板的儿子。那位老板身价几十亿元，他儿子倒也彬彬有礼，显得很低调。我们暗自赞叹到底在美国名校留过学，身上没有丝毫土财主气息。然而很快，他就让我们囧了一把。开着车绕着计划拆迁的城郊私房区域转了一圈，这位少东家自信满满地说：“拆迁不会有什么问题，这些穷人，多给一点点钱，没有什么办不了的……”我们随声附和着。不过心里都酸溜溜的，按照那里的行情，那些拆了房的穷人肯定会比我们几位富得多。他们都被少东家如此蔑视，我等情何以堪。当然少东家也并非故意刺激我们，他只是不知道我们也是穷人。

有人说国人仇富，不过对于远远富过我们的亿万富翁，至少我并不多仇。也许因为距离太远，就像一米七的我会嫉妒一米八的表哥，却不会去嫉妒姚明。

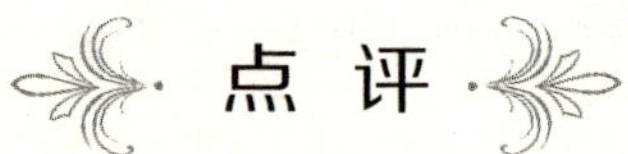

点评

对于亿万富翁，有些人本能地反感，认为马无夜草不肥，人无横财不富，这些人都有原罪。也有人如追星般追捧他们，觉得他们是非一般人类，智商、情商优秀，才会有此造化。其实他们来自普通人，也和普通人一样有这样那样的毛病。既不必妖魔化他们，也不必胡乱吹捧。

稿费经济学

“春天踏青、夏天赏荷、秋天颂菊、冬天咏梅……”许多文友十几年如一年，一直这样无限循环地写时令文章。问及为什么不写点与老百姓过日子相关的文字？他们都会说不懂经济，连电视新闻里那些经济学名词都听不懂，如何感慨、议论？

对此，我很不以为然。生活中处处都是经济学，一点也不高深，只是你没有去留意罢了。

就拿投稿来说，前几年文友甲和我争论，是应该以“点”为主，还是以“面”为主？当时他每月稿费是工资的三倍，而且只来自三四家报刊。

“投那么多家有什么用？我只写这几家，轻轻松松稿费就比其他文友多得多……”文友甲常志得意满地说。

当时我告诫他，他的稿费构成存在巨大的结构性风险。媒体人员流动性大，编辑跳槽很常见；改版、撤版也是常有的事情……稿费来源过于集中，一旦少了一两家，收入就会急剧减少。相比之下，稿费来自几十家的，哪怕每家不多，稳定性肯定好得多。

果然，今年文友甲就只剩一家“老客户”了，稿费缩水了80%。失落之下，他差点“挂笔”不写了。

文友乙几年前就开始写作，但不擅收集投稿信息，去年找到一家网站，终于有了大量报刊投稿邮箱。这一年，文友乙稿费颇丰，几度产生辞职专门写作的念头。我劝他等等，那段时间他的稿费多，是因为享受到了历年积累的作品“红利”，等他积攒了多年的稿子投完了，或许就会回落。果然，今年文友乙稿费就大幅下降了，庆幸没有辞职。

以往许多文友声称自己写作不为稿费，如今没有多少人这样口是心非了。如果纯粹是爱好，谁会大量写快餐式文字？埋头去写自己的《红楼梦》就是了，不管写得好不好，反正也不求名利。不过同样是快餐，也有档次之分。有的小文章写得过于简单，源于生活没有高于生活，甚至只是拼拼凑凑。市场是聪明的，什么货什么价，这类稿子只值两碗牛肉面是不稀奇的。有人不介意，靠海量“创作”积少成多。不过这种低附加值“创作”显然难以持久，一来物价年年涨，这类稿子稿费十年不涨。二来写作者会老，体能无法维持每天写那么多。

比较一下投稿和国计民生，其实道理相通。当今中国经济也存在结构性失衡、人口红利将耗尽、产业亟待升级转型之类的问题。不仅投稿，其他任何领域也都与经济学形影不离。只要活着，你就不可能只去关注花花草草，因为你得吃饭穿衣，这才是生活中最重要的内容。

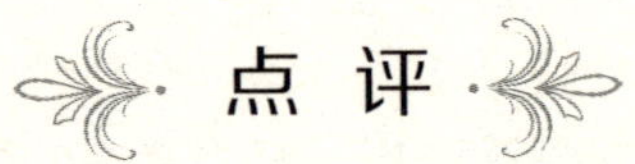

点评

经济学被认为是专家的事，或许出于老百姓对于“学问”

的敬畏。和数理化不同，经济学其实最接地气，不论你是富商巨贾，还是贩夫走卒，经济学都在你身边。就像阳光、空气、水，总和你如影随形。

开餐馆的老师

网络上有个笑话：小学生写作文，题目是《我的妈妈》，结果许多学生都写妈妈半夜三更帮他们缝衣服，昏黄的灯光下，妈妈满头白发……

算算现在小学生们的妈妈，顶多不过 40 多岁，哪里至于“满头白发”？同样地，教师节前写老师，几乎也有固定格式。男老师都像父亲、女老师都像母亲，个个“高大全”。时至今日，资讯已经高度发达，谁都知道老师中既有感动中国的人物，也有气坏中国的猥琐之徒。和任何职业一样，人上一百形形色色。过度夸张而又整齐地“塑造”神一般的老师，其实是一种“高级黑”，宣传效果适得其反。

在我的学生生涯中，没有遇到过传说中催人泪下的感人老师，不过让人记忆深刻的也有几位。其中有的授课时并没有给我留下什么印象，倒是后来在社会上相遇，让我受益良多。

十多年前，我下岗了，原来的专业比较冷门，很难再就业。虽然自己去上了厨师培训班，可是没有工作经验，依然很难找到工作。这时，小学时的班主任刘老师找到了我。她说在湖北大学附近开了家餐馆，需要人帮忙。

到刘老师餐馆干了几天，才知道她的餐馆以盒饭为主，一天两餐起码要卖500多盒。可想而知，工作量巨大。炒好的菜是用大脸盆装的，一餐十几、二十盆。锅是直径1米多的大锅，炒菜用大铁铲子……即便如我这般粗壮的小伙子，炒完一餐的菜，浑身都会像洗了桑拿一样。当时已经退了休的刘老师，却还常常能亲自上阵，挥舞铁铲忙乎上一两个小时。

“这钱不好挣啊，以您的资历，办个培优班，不比开餐馆赚得少吧？”我说。我知道刘老师以前带的班成绩一向很好，一大半学生能上重点初中。

“小学阶段只要学好课内知识就可以了，根本不需要培优。当年我给你培优了没有？你还不是考上省重点了。”刘老师说。她说“君子爱财，取之有道”，她觉得开餐馆赚钱比培优正经，而且赚得自豪、踏实。

大半辈子拿教鞭的刘老师，退休后拿起了锅铲，而且后来靠炒出来的收入在上海买了房，落叶归根搬回了老家。刘老师教我的语文课，我不记得多少了。可是她给我上的人生课，我受用至今。

好老师不一定要催人泪下，胖乎乎的刘老师挥汗如雨舞动锅铲，样子很搞笑，却也令人难忘。

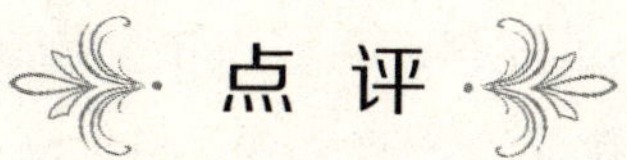

点评

君子爱财，取之有道，这句话道出了君子和平常人的区别。就像“不知道怎么踢球就往门里踢”是一种境界，踢出一脚美妙的弧线进球，是另一种境界。前者让人爽快，后者令人赞叹。

爸爸是坝

堂弟阿宝正式毕业了，当许多上届大学毕业生还在苦苦找工作时，堂弟已经在深圳某台企上了大半年班了，靠的是他爹的人脉。

“阿宝辞职回来了，事先也没和我们打个招呼!”那天三叔突然打电话给我。我觉得这也没什么，三叔原本就只打算让阿宝在那家台企练练手，本科毕业证拿到手就回来到某事业单位工作。

“他哪里肯到那家单位上班，他说回来准备经商。你说现在铁饭碗多难找，我费了多大劲才给他铺好路，他说不去就不去……”三叔既愤怒，又委屈。现在是拼爹的时代，他这个爹拼得很努力，很对得起儿子了。

我答应三叔劝劝阿宝。

“你别身在福中不知福，我们当年全靠自己，吃过多少苦，遭过多少罪？你现在放着阳光大道不走……”约阿宝出来后，我耐心开导他。

然而阿宝铁了心不走寻常路，他说不仅他，他在台企认识的女友也辞职了，准备和他一起开一家成人用品商店。

“我打听过了，成人用品利润高。等挖到第一桶金，有了点资本，我再转行卖别的……”阿宝很自信地说起了他的规划。

“成人用品？”我吓了一跳，现在的大学生可够成熟的，可以想见，这个规划三叔多半不会批准。

“你当年想从文，你爸还不是不同意。”阿宝挖出了我的陈年旧事。

的确，当年厂里奄奄一息，我曾准备通过业余写作积累资历，找机会跳槽到报刊。可是父亲一直觉得国企是不会倒的，即便跳槽也要做点有技术含量的事情，这样才有前途。他认为有技术含量的事情便是机电维修，那一行在当时是挺赚钱的。

非但我，当年我的一些年轻同事也都暗自寻找机会跳槽，几乎无一例外遭到各自父亲的反对。因为在当时的父亲们看来，非国有企业的工作等于没工作。

在与各自父亲的斗争中，有人先从单位出去了，有人一直捱到了最后。我算比较晚出去的，每每看到先出去几位“总”了，住上了好房子，难免抱怨父亲拖了我的后腿，让我贻误了战机。不过现在理性分析一下，父亲相当于一座大坝，我这条“鲤鱼”只有跳得过他，才能成龙。就像当年中国男足没有遭遇日韩、伊朗这样的劲敌而出线，到了世界杯赛场便丢人现眼，净吞9“蛋”。

我放弃了劝堂弟的任务，现在就看他有多大决心和勇气了。如果他真有将来一败涂地也无怨无悔的勇气，或许真能成事也未可知。而三叔反对力度的加码，也是对堂弟的考验，家里这点阻力比之将来在社会将要遇到的困难，微不足道。如果堂弟最终扛不住，乖乖去上个安稳班或许更合适。

点 评

“无仇不成父子”，父亲常常会是儿子年轻时代的绊脚石，许多时候父亲的眼光是错的，因为爱之切加上看不准，结果贻误了孩子的前途。可是这不能怪父亲，父亲的阻力是试金石，能测试出你进取的决心、毅力。

总 结

倒推十来年，街上的书摊充斥着各种各样的致富杂志，上面满是一夜暴富、穷光蛋变亿万富翁的传奇。而如今，这些杂志早已销声匿迹，因为大家都见多识广了，知道成功秘籍不可能满大街都是，富豪致富史也不可能如此透明化。作为小百姓，日子还得一天一天过，每一个细节都会一点点推动你或前进或后退，和自己相比，日子越来越好就是富裕。

第四辑

财富职场

有没有“肉”吃？这是员工选择公司首先考虑的要素。能不能给下属提供“肉”？也是老板无法回避的问题。选择老板，是决定大多数人有多少财可以“理”的关键一步，那些看似哥们儿、朋友、伙伴的老板未必是好老板。

领子之间的 PK

20 世纪 80 年代的报纸上曾经有一场讨论："作家算不算知识分子"？如今看来这样的命题让人啼笑皆非。一向讲求中庸，常常马马虎虎处世的国人唯独对名分格外认真，于是这样的讨论永远不会缺少，比如时下又有人讨论公务员算不算白领？

"我们的工资不高，绝对比不了一般的外企职员……"我对门的张公务员显然对于自己的生存状态有所不满，觉得自己不算白领。

"他们公务员、垄断企业职工工资是不如我们，可是福利呢？隔三岔五发东西，是个节日就有表示，这样那样的支出可以报销，儿女可以进单位幼儿园……算下来，实际收入很可能比我们多，而且是铁饭碗，不愁将来。"楼下王白领似乎也觉得自己活得不如人家滋润。

看来铁饭碗和外企白领各有所长，又各有所短。相比而言，王白领的理财意识好像强于张公务员，原因在于危机意识。"他们是吃皇粮的，物价不管怎么涨，国家肯定会相应提高他们的工资标准，水涨船高。我们就不一样了，公司效益没有提高，无论社会上物价怎么涨，老板也不会给你加工资。如果同类人才过剩了，我们的待遇还可能随行就市降下去，不理财将来怎么有保障?”王白领是清醒的，以钱生钱能保证自己给自己加“工资”，抵消没有皇粮吃的不安全感。

“我也有不少投资计划，可是发下来的现金就这么多，许多福利不能变成现钱啊……”张公务员平时小小地炒一下股票，对于拿一两万元月薪的白领他充满了羡慕，不过绝对不愿意和他们换工作。

假设公务员、垄断企业职工可以称为“铁领”，那么白领与铁领最终是有机会打个平手的。相形之下，普通蓝领阶层对于财富渴望更为迫切。按理财专家的意见，这一阶层面临的人生风险最大，应该首先为家人购买各类必要的保险，然后预留子女教育经费和一两年家庭开支，再有剩余才能从事风险投资。然而假如这样，中国股市就不会像今天这样热闹了，股民起码会减少一大半。

“股票也欺负穷人，嫌贫爱富。我叔叔两口子一个月收入加起来四万多元，这两年炒股、买基金赚了不少。我一个月挣两千元，天天溜到交易所研究行情，结果没有赚到什么，白忙乎……”一天，老同学小马对我抱怨道。

这种情况似乎很普遍，虽然传说中有一些人完全靠炒这炒那发了财，但他们往往只存在于报刊上。看看身边，单靠理财改变命运的人少之又少，而原本经济基础比较好的人，炒什么都比较从容，容易有所收获。理财应该是起锦上添花的作用，你指望它雪中送炭，常常会适得其反。

随着社会分工的不断细化，“领子”的品种必然越来越多。鱼有鱼的活法，虾有虾的出路，心态永远是最重要的。不必和别人去 PK 什么，根据自己的实际情况，理性选择适合自己的生活方式，就能活得踏实。

点评

国人从小就习惯于 PK，上小学开始班上就会有成绩排行榜，一直到走上社会，单位里也可能有业绩排行榜。所以国人做事往往喜欢参照别人，暗自较劲。须知“甲之琼瑶，乙之砒霜”，不必盲目跟风。

跟着谁有肉吃

虽然这个时代充满了商机，不过对于大多数城市人，在某个公司谋一份差事依然是谋生的主要手段。

“兵熊熊一个，将熊熊一窝。”有经验的就业者往往通过对老板的观察，就可以预知自己未来的“钱途”。“跟着你，有肉吃!”这是电影《无极》中昆仑对大将军光明的表白，大概也是打工者给予雇主最大的信任。目前而言，市场上绝大多数老板还难以得到这种信任。

新创业的老板往往最有激情，跟着他们干固然有失败的风险。可是一旦成功，壮大后的公司中，高层管理人员中多半会有你一席之地。现在许多规模不小的公司中都会有一些看似资历平平的高级职员，那多半是公司创业期的第一批功臣，这些人按照市场标准并不可能在其他同级别公司谋到这样的职位。

利益总是伴随风险得来的，假如一开始“好事”就从天而降，你就应该多加小心了。2012 年年底，一位熟识的编辑朋友递给我一张崭新的名片，名片上赫然印着“××文化公司董事”。肃然起敬之余，忍不住很中国化地问他投资了多少？他自豪地说那家公司是他老同学开的，没有要他投资，是技术入股，算 20% 股份。虽然知道那位编辑有着三年从业经验，可是文科不比理科，所谓“技术”是相当模糊的概念。如果文人能靠技术去入股，这位文人一般应该具有相当的社会知名度。

果不其然，只当了三个月董事，编辑朋友就气呼呼地辞职了。他说“董事”的头衔让他几乎成了公司的义工。因为是主人翁，除了本职的文字编辑，其他岗位缺人时他都要去“救火”，甚至还帮着烧了两天员工餐。因为是“董事”，公司初始阶段效益不好，他义不容辞地和老板一样只支取基本生活费，差额的工资以后效益好了再补……20%的利润一两年内也许都不会有实际数字，“义工”不知道要干到什么时候，他这才意识到老板的“高明”。

肯给下属一个“董事”名分的老板毕竟不多，不过能把下属当成“同事”的老板却不少。我曾经跟过的一个老板就是个儒商，一点老板架子都没有，平日无事就和我们畅谈理想、情操、精神生活方面的话题，公司气氛倒很融洽，只是模糊了老板和员工的界限并非总是好事。这位儒商不知道以前是不是老师出身，十分喜欢拖堂。原本五点下班，每每过了半小时了还拖着大家议事，星期六义务加班也是常有的事。“现在市场竞争那么激烈，没有敬业精神怎么去和别人去竞争？你们看，我每天都是等你们走了两三个小时后才下班，这半年我只休息了三天……”一次大家都不愿加班，老板便以自己为榜样来感召大家。“你是老板，公司赚了钱，你就发财了！我们顶多加一点点工资，怎么能和你拼着一样干活……”一个直性子同事忍不住说。老板一时语塞，似乎这才想起我们并不是他的“同事”。

有没有“肉”吃？这是员工选择公司首先考虑的要素，能不能给下属提供“肉”，也是老板无法回避的问题。选择老板，是决定大多数人有多少财可以“理”的关键一步，那些看似哥们、朋友、伙伴的老板未必是好老板。

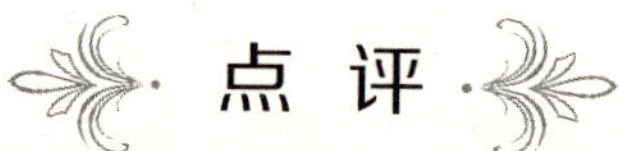

点评

历史上，仗义疏财历来备受百姓推崇，所以管理者以情动人往往能够收到奇效。然而如今毕竟不是农耕时代，买房、买车、看病、上学，哪样都少不了钱，所以仅仅“有情有义”并不能维系人心，得有“内容”。

狼羊共舞

在许多处于创业期、发展期的公司里，“狼性”员工很受欢迎。狼有一往无前的开拓精神，可以迅速为公司打开局面。然而狼不同于狗，它不家养，永远不属于某个主人，只属于它自己。所以弄不好，没享受到它带来的好处，反而会被它伤着。

朋友小刘前几年办了一家文化创意公司，目标客户是政府部门和大型企业。众所周知，这类客户的单子利润大，不过很难接到活。眼看开业大半年一直赋闲，小刘心急如焚。正在这时，旧同事小丽主动加盟，她是个业务高手，不过没有几个老板驾驭得了。为了打开局面，小刘毅然聘请她为副总。虽然不出资，但可享有 10% 的股份。

果然，一个月后，小丽就接到一笔大单子，利润足够公司支撑一年。小刘有限度地欣喜着，小心翼翼地操作着。做到一半，生意还是被小丽挖去了，她自己注册了一个公司……

“没办法啊，我不是不知道她危险。可是她会来事，能揽到活。让人放心的人选也有，可是这些人在社会上冲锋陷阵不行。我现在最需要开拓市场，以后还是得用‘狼’，只是得更加小心，另外得看运气……”小刘说。

一晃几年过去了，小刘的公司虽无太大发展，好歹跌跌撞撞前行着，没有倒闭。其间，小丽这样的“白眼狼”也出过几个。大多数时候，“狼”先生、“狼”小姐与公司之间互相利用，做完一两单就各奔东西了，总体互有所得。

与那些有能耐，无操行的“狼”员工相比，小赵是典型的“羊”员工。去年大学毕业，他南下找工作，进了一家不大不小的装饰材料公司。对于毫无工作经验的小赵，公司很是信任，培训一个月后，让他回老家开发市场。

原本小赵自信满满，以为回到自己的“主场”，做点成绩出来不难。不料半个月下来，几乎跑遍了所有“目标”，一单意向都没有。

“回来前公司借给我两千元业务经费，现在我一单都没有拿下，不知道怎么去面对老板、同事?”回公司前，小赵很焦虑。我劝他不必在意，一个成熟的公司一定会给新人成长的时间。何况虽然业务没有跑出来，毕竟让市场进一步熟悉了你们的品牌，2000 元打广告，老板会觉得很便宜了。

果然，小赵回去后并没有受到责备。一年下来，他渐渐成为一个合格的业务员。而且他对于公司忠诚度很高，这点是老板最看重的。

对于大多数公司而言，无论老板是否愿意，都只能既用“狼”也用“羊”。如果只用前者，公司充满了风险；只用后者，公司稳定性增强了，可是有时“前锋线”不够锐利。

狼羊共舞，是职场的常态。

点　评

找老婆常常会挑花了眼，漂亮的不贤惠，贤惠的不能干，能干的靠不住……人无完人，这不奇怪。好在办公司不同于找老婆，法律上没有“限购”，所以可以兼收并蓄，各种类型搭配在一起往往能组合出一个最具战斗力的团队。

涨薪与人生观

同学群里每天都很热闹，大家叽叽喳喳交换着对世界形势、股市行情、菜场行情的看法。或许因为个人境遇差距太大，很少有达成共识的时候。

“在单位不能充能干，要低调，低调！”同学甲经常这样说。他说自己在单位就是大智若愚，他其实有两手“绝活”，可是从来不露出来。遇到某些棘手的问题，大家都解决不了，他其实心里有底，然而却不出头。任由大家抓耳挠腮半天，最后花了许多时间，才靠“集体智慧”解决。

“出头没好处，咱在单位没有背景，加薪、升职基本没门，多干也是白干。不仅白干，还有人嫉妒咱逞能，显得同事们没本事。何必呢，混吧！能耗两天的活儿，就不急着一天干完，能推给别人的，不自己干……领导可能觉得咱像猪悟能，那又有什么关系？大多数群众都这样，人家猪悟能其实并不是笨猪，他是大块头有大智慧！”同学甲一说起自己的“无为”理论，往往得意扬扬、滔滔不绝。

“那怎么行？你无能怎么会有人尊重你？别说加薪，不解雇都难。”同学乙经常持相反观点。他觉得在公司必须高调，有一分热发三分光，起码要让老板高估自己的价值。平日逮到机会，同学乙就积极表现。有点成绩，就广而告之，利用各种场合，自己给自己开“事迹报告会”。当然同事中难免有人嫉恨他，觉得他老是牛哄哄地“抢镜头”，不过这几年他年年涨薪，实惠落进口袋，也就笑脸面对千夫指了。

“我把自己的能耐吹上三四倍，老板即便打个对折评估我，我也不会吃亏啊！”同学乙说。

同学甲和同学乙的人生态度其实都有其合理性，都是体制造成的。同学甲在国企，同学乙在合资企业，不同的生存环境决定了不同的理念。

当然，最淡定的是同学丙，他是公务员，每次涨薪按部就班。他也没有什么升官欲望，所以凡事随大溜，既不低调也不高调。

“还是丙同学思想境界高，说话做事不落俗套……”偶尔同学聚会，女同学们都觉得同学丙最健康，依然保持着上学时的心态。不过男同学们都不以为然，他们说同学丙是“家畜”，他们是“野生动物”。找食的方式不同，所以“形状”也就大不相同了。

点评

人与动物总会有很多相似之处，马戏团会用食物作为奖励去诱导动物们训练，而职场加薪实际上就等同于这些诱人的食物。这样的类比看上去对人类有些不敬，但话糙理不糙，人在职场常常身不由己，我们总会根据管理环境自动调整工作态度。

没有车怎么行

朋友神秘兮兮地拉我去参加一个聚会，一路上问了她许多次，硬是不肯告诉我是什么性质的聚会，说要保留一些神秘感。

去了之后，我不禁在心里大呼上当，原来是一家著名直销公司的“例会”。“例会”上的男男女女小的只有十八九岁，大的已经六十出头，一个个亢奋得像服用了什么激素，台上发言的人连比带画大幅度挥手，台下的时而振臂高呼，时而使劲鼓掌，热闹得像在开演唱会。

“怎么样，愿不愿意加入我们的团队，抓住这次创造辉煌人生的机遇?”朋友的脸被会场气氛熏陶得红扑扑的，声音也夹杂着几分激动的颤抖。

“我还是再考虑考虑吧。”我打着哈欠说。老实说，这样的“例会”我见过不少，很难被这种精心制造的现场气氛弄晕乎了。

散会之后，朋友的“贵人”（她们对“上线”的称呼）和我们俩一起下楼。

“我带你们一段吧。”“贵人”打开一辆小汽车的车门对我和朋友说。

“这是她去年一年打拼出来的，这辆车二十多万元，还可以吧?”坐上车之后，朋友对我说。

一年除去吃喝开销，还能打拼出这么一辆车，真了不得！这回我有些肃然起敬了。如果她让我看她买的新房子，我是不会这么震撼的。房子是不动产，咬牙按揭下来可以住一辈子。汽车是消耗品，每个月都会产生一笔不小的相关支出，除非手头真的有些宽裕，很少有人会买辆好车撑面子玩。

虽然我最终没有加入她们的“团队”，不过觉得“例会”上的气氛尽管能够让不少人热血沸腾，却不如那辆车更有说服力。

过了不久，我跳槽去了一家新办的杂志社。这家杂志社挂靠在一个政府部门名下，这点让我觉得杂志前景应该不错。然而干了没多久，心里总有些不踏实。杂志社的办公环境很简陋，奖金福利也不怎么样，最让人觉得别扭的是老总居然每天坐公交车上下班。

或许是人家低调吧，起初我这么想，然而从几个杂志社领导之间的互相吹捧中，我们知道老总是省内赫赫有名（我们没听说过）的名记。这年头名记的收入不菲，养个车应该绰绰有余。而且车对于新闻从业人员绝不是奢侈品，而是实用的采访装备，没有理由有钱不买一辆。“早点辞职吧，现在城郊随便哪个村办企业的厂长都有公务用车。你们堂堂一个新闻媒体的老总却坐公共汽车，头儿都混成这样了，你们跟着他干会有前途?”一个业内同行劝我。

年后我终于离开了这家杂志社，很大一部分原因是对杂志的未来没有多少信心。

“其实我的贵人的车是租来的。”那天，做直销的朋友告诉我，大概因为看到我完全不可能加入其中，没必要保密了。于是我在心里觉得那家杂志社的老总做事太不敬业，连租车的成本都舍不得付出。下属对你一点信心都没有了，公司还有多少未来值得大家去憧憬？当老总，尤其那种层次比较高的行业的老总，起码应该租辆车。

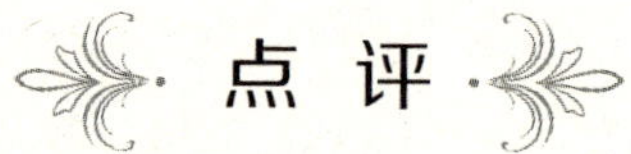

点评

虽然我们都知道以貌取人不好，不过表象总会对我们的判断产生很大影响。有时候这种判断会误导我们，有时候能让我们少走弯路。不仅看表象，将表象结合其他因素一同分析，这样基本上可以避免被误导，做出正确的判断。

谁是好老板

日前，智联招聘发布一项调研数据，近万名员工给雇主打的平均分为6.4分（10分制）。按照媒体的看法，这个分数似乎过低，仅仅及格而已。可是问问身边的同事、朋友，又觉得不太符合实情，他们认为的实情是不可能达到6分。

老板和员工是相互依存的关系，不过按照我们上学时学过的哲学来形容，应该是“对立统一”。其中“对立”有着复杂的原因，其一，老板和员工共同创造财富，但如何分配财富，必然存在矛盾。你多我就少；你少我就多。其二，我们从小受到的教育是资本必然带来剥削，我们必有一部分剩余价值被老板拿走了，所以我们不太可能从内心接受老板是好人。

当然，当你跳过好几次槽之后，你心中就会有好老板，这种好老板是比较出来的。有人说对于80后白领，能传授给手下成功经验，平等对人，那就是好老板。我不否认有一小部分境界高的员工会这样想，但绝大多数还是会以待遇来打分，谁给的薪水高、福利好，谁就是好老板。一个给你一万元月薪，整天凶巴巴的老板；另一个只给你四千元月薪，但很尊重你的老板，你会如何选择？相信大多数家境一般的80后白领会选择前者，虽然心里不舒服，但你得买房买车娶媳妇，你不得不这样选择。假如在薪水相当的情况下，大家自然会选和善点的老板。

“球员都喜欢的教练，肯定不是好教练。”记得根宝大叔多年前这么说过。老板中也有不少人认为员工都喜欢的老板，肯定没有威信，所以不少老板刻意以严厉树威。就像教练有不同风格，老板中也有许多“以德服人”，渴望和员工打成一片的。出于对业绩的追求，涉及业务、技术领域，老板大多会向手下传授自己的经验。不过没有哪个老板会毫无保留地告诉员工自己的发家之道，这相当于“核心技术”，只会传给儿女。

老板最喜欢的员工应该具备以下条件：很能干，但最好没有能力卷走公司业务、技术……所以老板必须通过轮换制、人员互相牵制等手段处处防住员工。而对于老板，员工大多也有心理防线，即便有时候老板“掏心窝子”了，也会有人怀疑是一种策略。

如果说员工给雇主打出了6.4分，这绝对不是低分，相当高了。

“老板就是老板，打工仔就是打工仔。”这是当年很流行的电视剧《打工妹》里的一句经典台词。别指望老板、员工一家亲，他们能形成相对稳定的平衡，对立中达到统一，这就已经很和谐了。

点评

什么样的老板才算好老板？大家的标准应该差不多：慷慨大方、舍得发高薪，对员工要求不高，和蔼友善……可是这样的人根本不可能是老板，他应该是圣诞老人。别指望老板是道德模范，他能对你的成长有帮助或者仅仅能给你高薪，都算好老板。

年终奖是一种病毒

年终奖，名词也。从字面上看，该词含有喜气洋洋的色彩。然而，这个具有中国特色的新名词，并不会给大多数人带来多好的心情，经济学中著名的“二八定律”在年终奖问题上依然年复一年地显现着。对于大多数人，年终奖在带来一些物质实惠后，最终或多或少会影响心情，成为情绪“病毒”。

第一批中毒的当然是老板们，这里指的老板是巴菲特、李嘉诚以外的，非财大气粗型老板，比如鄙公司老板。腊月十六早上，鄙公司几个爱学习的员工发现公司订阅的晨报没有按时送到，于是打算投诉，此时里屋的老板将报纸拿了出来。可是，几位同事阅读之后，发现少了“职场”版。“一定有重大新闻，并且多半与我们有关”，嗅觉敏锐的某同事很快作出推理，继而查阅了报纸的网络版。果然，报上有新闻云：某《就业调查报告》近日出炉，该报告共访问了亚太地区近6000名规模不同的主要行业、公司的重要招聘决策人。该报告显示，66%的中国内地受访者希望今年年终奖额度较上一年提高10%以上，而这些受访者多集中在上海。另有近1/4的中国内地受访者表示希望年终奖增幅超过20%……

难怪，此条新闻一定已经让老板情绪中毒了。虽然对于国人发布的类似信息，我们一直评价不高，觉得是运用“瞎子摸象”的原理调查出来的。不过作为员工，对这样一条新闻当然是受欢迎的，同时也知道我们的年终奖要提高 10% 以上是做不到的。

年终奖多少总是有的，少的自然心里“拔凉拔凉”的，多的也未必能高兴几天。国人在收入问题上历来比高不比低，山外有山人外有人，总能找到比自己高出一大截的同行。于是除去“金字塔”塔尖的少数人，八成人即便不沮丧，也难以心满意足。

国企的年终奖大多无法与外企比，而外企员工看到国企职工今天拎回一袋猪肚，明天提回两壶油……对于这种难以评估具体价值的非货币年终奖，于是也不敢盲目自我膨胀；至于大学老师、公务员的年终奖，历来是“月朦胧鸟朦胧”，往往会引发许多夸大了的传说，惹得他们的熟人心情复杂。

“年终奖这东西真是害死人！”一位创业没几年的老板朋友愤愤然地说。其实假如把年终奖平摊到月薪里，相信攀比心理引发的情绪污染会小得多。可是，我们毕竟是从猴子进化来的，“朝三暮四”原本与“朝四暮三”一样，但我们就是不能接受前者，觉得吃了亏。

年终奖大概是极少数不谈与国际接轨的国产事物，估计它会与唯一能 PK 赢洋节日的春节一样万古长青，哪怕是病毒，大家也认了。

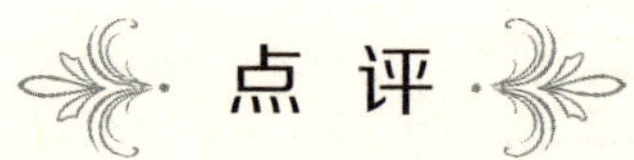

点评

“有钱没钱，回家过年。”这句话透着中国人对于过年的极度重视，似乎也透着一点淡定。然而现实生活中，大家是没法淡定的，没钱过什么年？即便有钱，看到别人的年终奖比自己更多，也会极不平衡，心理亚健康。对此，似乎只有学学老外，不去互相打听收入。既然淡定的境界难以达到，不妨眼不见为净，耳不听不烦。

老板

国人对于称谓一向很看重，偏偏如今是个流行恶搞的时代，许多曾经很端庄的称谓硬是被搞得臭不可闻，比如小姐、同志、专家……于是某些有身份有追求的人，比如老板们，不得不为自己 DIY 称谓，以便不至于莫名其妙被归入某个不堪的群体。

我曾经跑过酒水业务，认识过不少大酒店的老板。其中有位女老板颇有个性，她农民出身，凭着一股拼劲、韧劲硬是打拼出一个酒店集团、数亿元资产。虽然已经是大老板了，不过她要求下属一律称呼她为“三姑”。不仅称谓充满了乡土气息，她的装束也和农村五十多岁的老太太差不多。

三姑除了睡觉、吃饭，几乎没有业余时间。比如午休，她常常会出现在某个下属酒店的厨房里，监督厨子有没有浪费食材，看看洗碗工有没有摔坏盘子……由于她经常会神出鬼没于任何一个角落，她的下属时刻会保持紧张状态，没有人敢聊闲天。

有些新供货商不认识三姑，私下到酒店里鼓动服务员促销她们的产品，被抓个正着。三姑的外形很容易被误认为清洁工，于是那些被呵斥的供货商并不服气，往往恶语相向，结果从此失去了供货资格，损失惨重。

常言道：“狗眼看人低。”三姑长期保持原生态，着实让不少人看走了眼，继而治愈了眼疾，从此不敢以貌取人。由于三姑一直以长辈而不是老板自居，所以偶尔体罚犯错“小辈”，看上去似乎也顺理成章。通过三姑，我理解了卡扎菲为什么没有任何职务，无招胜有招啊。

如果说“三姑”透着自然随意，那么某论文杂志刘老板则很为称谓纠结。该杂志在一个商住楼办公，楼里乱七八糟的公司都有，在厕所里随便就能遇到几个很小市民的老板。为了和他们划清界限，刘老板就让大家叫他“刘老师”。这下苦了原本已经称“老师”的几位，为了不和老板抢风头，他们只能按部就班叫“主任”“主编”了。由于楼里另有两家很粗俗的野鸡杂志，这种称谓很容易撞车，进而被楼里邻居低看。

某次有位征婚男走错了楼层，误把刘老板当作了楼下婚介所的“刘老师”。这下他才领悟到“老师”现在也并非多雅的称谓，那家骗子婚介所里一屋子全是“老师”。

同学大林业余开了家文化公司，利用自己在电视台当导演的资源，揽到不少拍宣传片的活儿。虽然是正儿八经的文化人，不过他却不愿意当“老师”，出去谈业务，手下都叫他“老大”。“老大”的称谓，加上他的粗嗓门，外加鼻梁上的墨镜，真有点像黑社会的坐馆。

“我为什么不斯文点？你 OUT 了！”他对我的疑问嗤之以鼻。他说人家肯给他业务做，并非看重他有文化，而是看他路子野，什么事情都 HOLD 住。

“我们搞文化经济的，尤其要剽悍一点，不能让客户以为你是百无一用的书生，不然即便接到业务，收账都难。”林老大说。

“老板，擦个鞋吧!”那天去超市购物，街边一排好几个擦鞋妇女吆喝着揽生意。老板这称呼确实不值钱了，便是我以后如果做生意，也不想当“老板”了。

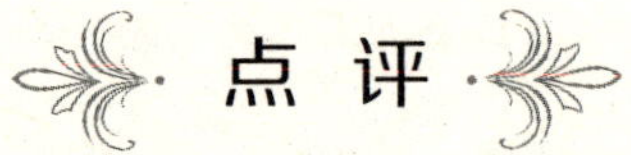

点评

从“同志”“小姐”到“老板”“专家”，这些年多少好词沦落到了让人厌恶的境地。个中原因往往是几颗老鼠屎坏了一锅粥，所以大家都应该好好干好现在的行当，保护好自己的称谓。

绑架式创业

公司做到今天这个程度似乎到了更年期。论规模，说大不大，说小不小。要转变方向已经不像以前那样船小好掉头了，想创品牌却又不甚容易。最麻烦的是许多关键岗位上都是老板的亲戚、朋友，这些人随着公司的发展已经成了遗老遗少，坐着吃老本，不思进取，常常有点成事不足、败事有余。

“是该挥泪斩掉几个马谡的时候了……”作为业务主管，我不得不常常偷偷给老板“奏本”。

“让我考虑考虑……”老板听完常常皱着眉头，却拿不定主意。这完全不像他在生意场上的做派。

终于有一天，他向我倒出了苦衷：“我在创业时期是有原罪的……”我吓了一跳，以为他像传说中许多民营企业一样，曾经有过经济领域的犯罪。

“你想到哪里去了，我当时只是一个小工人起家，没有一个当官的亲戚朋友，想行贿也找不到北啊。”老板看出了我的疑惑，笑道。“我指的原罪是指当初下海，我其实是绑架了自己最亲的亲人和最好的朋友。像我这种草根阶层中的草根，当然拿不到银行贷款。我的原始资本绝大多数是找亲戚朋友借的，其中免不了连哄带骗。钱到了我手里，这些亲戚朋友也就间接地被我拉上了贼船。万一我的生意破产，他们的钱也就血本无归了。”

原来老板说的原罪是指他在道义上欠着帮助过他的亲友的人情债。以前总觉得民营老板喜欢用沾亲带故的人做事是小农意识，现在才体会到并不是他们思想落后，是国情让他们不得不和亲友绑在了一起。

“大明的美容院最近生意不好，我去看了看，星期天都没有几个顾客……”那天，大哥忧心忡忡地说。大明是大哥的铁哥们，去年自己创业开了家美容院，作为二十多年的至交，我们家自然上了第一批被“绑票”的名单，大哥借给他一万块钱。从此，我们便隔三岔五地去关心他的生意，我甚至还在他那里办了张美容卡，忍痛提升了自己的消费档次。

有时候想想真冤，当债主当得提心吊胆，比当老板还操心。大明如果发财了，不好好报答我们，简直要遭天打雷劈。

借债的人附带背上终身人情债，这么高的利息显然是下海者本不想背的；而当债主，整天担心血本无归的威胁，也常常会觉得与其这样，还不如自己去“绑架”别人创业，这样赢了可以当老总，输了顶多出去躲躲，死猪不怕开水烫。

如果我们国家也能像欧美那样就好了，创业资金大多数情况可以从银行贷款获得。清清白白，没有一点后遗症。也许下一代草根创业者能免做“绑架犯”。

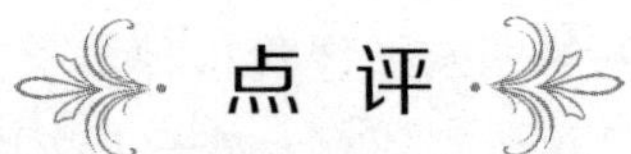

小企业、小商家贷款难，在中国这是由来已久的问题。这

种情况下，创业势必要找亲友想办法谋取启动资金。成功了，当初的“功臣”们纷纷要求沾光，企业会办得不伦不类；失败了，创业者一走了之，害了一大批人。可见金融事关社会方方面面，绝不只是一个行业的事情。

土洋之间

“什么外企啊，还不是老样子。相当于民国初期，巡抚改名都督、县令改叫县长，辫子剪了，人还是那些人，整天拉帮结伙、钩心斗角……”一位好友谈及他们公司，很不以为然地说。

他们公司原本是国企，两年前改制，被德国一家企业控股。不过公司身份变了，一切似乎照旧。原因在于他们公司有一整套很成熟的营销渠道，已经运转多年了。因为担心经营出现太大波动，洋人也没敢轻易进行改革，于是一切还是外甥打灯笼——照旧（照舅）。

其实类似的情况并不鲜见。多年前，我在一家经贸公司做啤酒销售经理，我们公司代理的是一家合资公司的产品。接任之初，我在一次工作宴会上认识了那家公司的各级销售主管，从业务科长到销售总监。原本以为合资企业的干部应该很白领，不料那几位个个都很草莽，倒是像江湖人士。不仅我很诧异，他们对于我似乎也很意外，私下里对我们老板说我可能不是卖啤酒的料。

“卖啤酒很特殊吗？需要高精尖人才？”我很不解。

“他们觉得只有江湖中人才能干这行，其实我们的情况不一样……”老板解释道，不过语焉不详，我不是很明白。

时隔多年，我早已不干这行，最近这才从一些媒体上知道，本市啤酒销售与砂石、建材相似，存在一些“霸”。他们往往用暴力手段垄断市场，一个片区有一“霸”。不过由于当时我们老板是政府部门辞职出来的，有不少官方人脉，所以经营活动并没有受到竞争对手的干扰。由于销售的是高端品牌，相比那些看上去比较粗鲁的对手，我们反而和区域内星级酒店管理人员更易沟通。

虽然业务发展顺利，不过与啤酒公司的关系却始终不够融洽。同样是代理商，我们得到的促销品常常比别人少。

“他们公司的销售管理还是‘人治’，各种规章制度弹性很大。从业务员、科长到总监，都是跟着感觉走，在客户中发展‘自己人’。久而久之，每个人都有自己的一套网络。网络越密，自己在公司的位子越稳固，换个人，下面经销商都不配合。常常免了一个科长，几个月后‘胡汉三’又回来了，非他不行……”一位老前辈说。

看来由于我们几个看起来有些“白领”，不符合他们的销售文化，所以一直受到某种排斥。合资企业可以做得如此入乡随俗，有时真让人觉得不可思议。

在啤酒业干了三年之后，我一度跳槽到一家电器经销公司，该公司是一家知名欧洲外企的代理商。由于销售的产品价格高昂，一台洗碗机四五十万元，一台平烫机一百多万元……所以销售业绩不太稳定。如果赶上某家四五星级宾馆筹建，一年的销售任务，在一个客户那儿就超额完成了。假如运气不好，业绩会很难看。

那家外企运作很规范，一切都按规矩来。销售业绩好的时候，各种奖励不断，我们公司老板多次被评为优秀代理商，几乎每年都可以免费去欧洲旅游、考察，充满溢美之词的传真不时能够收到。然而有一年，行情出奇地差，一连三个季度没有完成销售指标。于是批评信便源源不断通过传真机输送过来，渐渐地，越来越严厉。后来几封类似最后通牒，“我们曾经有过非常良好的合作，然而今年以来，贵公司的表现很难令人满意……如果这种状态持续下去，明年，我们不得不重新考虑选择新的合作伙伴。”

收到这样的信，我们老板自然非常不爽。说老外不讲情面，没什么意思。最后一个季度我们完成了全年指标，保住了代理权。不过老板都暗中在联系其他供应商，说是做两手准备。

国产的土销售文化，常常导致销售政策不公平，内部销售人员拉帮结伙难以撼动。洋销售文化又缺少人情味，不容易让代理商们产生归属感，从而影响品牌忠诚度，一旦遇到市场大波动，势必树倒猢狲散。

外资与国产销售文化，如何融合？始终是个难题。如何解决？没有一个标准答案，需要经营者在实践中摸索。有一点毋庸置疑，必须求变求新，不能抱残守缺，也不能照搬洋文化。

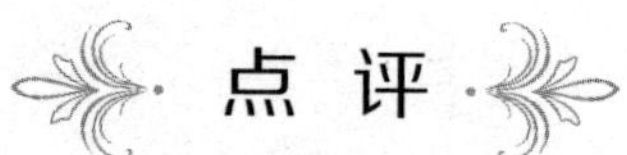

点 评

许多在国外非常规范的企业，一旦到了中国便入乡随俗了，一经揭秘，人们往往大失所望，感觉似乎上了当，不少人是冲着他们的规范、严谨才成为他们的忠实消费者。而一切照搬国外经验的外企，则容易让其内部员工怨声载道，认为只把他们当工具没当人。外来的和尚念经也难啊，也得学中国人慢慢摸着石头找感觉。

摇摆大叔

青年创业多半是理想、激情驱动，而中年创业往往是被生活倒逼的，比如我的朋友阿毛和阿发。

阿毛、阿发和我一样，早期都在体制内工作，单位垮了便开始了打工生涯。一晃不惑之年，两位混得不好不坏。都在中型民营企业上班，一个月六七千元月薪，比上不足比下有余。然而干着干着，他们的同事都变成了小伙伴，先是80后，渐渐90后越来越多。和他们一般大的朋友，不是自己单干了，就是在大型外企继续着升迁之路。

“公司小了没有上升空间，几年就摸到‘天花板’了。再这样混下去，小伙伴们都会鄙视咱们。”阿毛一度常常如此感慨。

前年阿毛和阿发都毅然辞职，下了海。阿毛开了家餐馆，阿发搞了家外贸小公司。一晃快两年过去了，两位老板都苦苦支撑着。

“去年年初一度生意有点起色，可是公费消费突然严控了，我的餐馆一下子萧条起来……”阿毛沮丧地说。阿毛这些年一直在做箱包设计，之所以跨界开餐馆，完全是因为家里亲戚公职人员多，有人脉资源。岂料他来迟了，等他开了餐馆，公家的人都不敢胡吃海塞了。

阿发是从事本职行业，他这几年一直跑中东卖化工原料。然而自己当老板和打工不一样，东奔西跑，差旅费不知不觉就花了二十万元，宣传费也投入不菲，可是效益却迟迟出不来。原本阿发的老婆开着几家美容院，收入可观，偏偏去年也受公款消费萎缩影响，亏损严重。于是援军指望不上，资金日益捉襟见肘，阿发也面临创业危机。

“我把餐馆关了，开春还是去虎门做老本行，生存要紧啊!”前几天，阿毛告诉我他已经“辞”去了老板的职务，又要去打工了。

阿发文学修养比较好，经常抄录格言警句，诸如“坚持，坚持！黑夜已经那么深了，光明还会遥远吗?”虽然如今年纪大了，这类精神兴奋剂药效打了折扣，不过阿发还是决定咬牙再当一年老板。

创业，失败，再去打工；不习惯，辞职再创业，再失败，又去打工……我比他俩早几年经历这样的无奈循环，身边许多中年人也都正在身不由己地如此循环中。我们这代人很可能63岁或65岁才能退休，如果不在体制内，退休前10年肯定会很纠结。如此高龄有几家企业肯用?即便还能赖在公司里，又如何与小伙伴们相处?

四十不惑已成过往，如今四十多岁的大叔最摇摆，不是因为玩嗨了，而是被生活推着摇摆，困惑更胜年少时代。

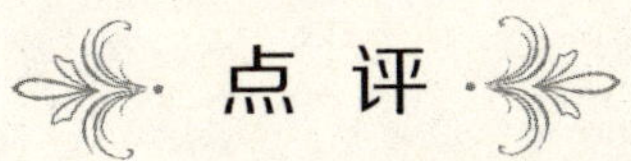

点评

现在职场上有个奇怪现象，一般非国有公司里，基层员工中四十岁上下者很少。

他们都去哪儿了？一部分可能在吃低保，更多的也许在创业中。一把年纪了被逼创业，这或许是颇具国情特色的“中国式创业”。相比于年轻人失败后可以从头再来，大叔们处境显然很尴尬。不过阅历丰富的他们，想必能在摇摆之中最终找到平衡。

U盘化生存

朋友小吕在本地交响乐团当小提琴手，原本日子过得滋润而清闲，可是去年他却全年都在忙乎。排练、演出、授课之余，经常自费去音乐学院“充电”，每天累得一回家倒头就睡。

“不拼命不行啊，随时有可能下岗。”小吕对我说，去年夏天他就差点被乐团淘汰了。

交响乐团原本是事业单位，前年改制成企业化管理。曾经倚仗编制无忧无虑的小吕从此就紧张起来，严肃音乐领域历来僧多粥少。每年音乐学院毕业那么多本科生、硕士生，还有国外引进的人才，失去了编制的保驾，小吕的饭碗的确时时都有风险。

“高雅艺术需要政府扶持，不然国民素质怎么提高？这样改制是不对的。”某次夜宵，一位即将被改制的事业单位老兄愤愤不平。我知道他并非为小吕不平，而是觉得自己利益将要受损了。

的确，高雅艺术曲高和寡，没有政府扶持很可能被市场淘汰。然而改制并非不管，作为文化交流项目，政府可以每年出资购买若干场演出，足以保障乐团基本生存，又能满足相应社会需求。但具体到每个乐手，国家凭什么要保障你的铁饭碗？你会拉琴，就没有别人会吗？你没有垄断传播高雅艺术的权力。

或许几十年计划经济的影响根深蒂固，现在不少二三十岁的年轻人仍有浓郁的“单位情结”。离开了单位的庇佑，似乎就失去了生活的自信。几年前我从某杂志社辞职，硬是震惊了一批比我小 10 岁左右的年轻同事。他们很纳闷我又没有找到新的单位，为什么敢辞职？如今该杂志社关门了，而且同行许多杂志社也奄奄一息，他们终于明白所谓“单位”并非福利院，它本身也并不可靠。

著名自媒体人“罗胖”（罗振宇）认为，未来中国人必须适应“U 盘化生存”，概括起来 16 个字“自带信息，不装系统，随时插拔，自由协作”。这个观点受到了越来越多年轻人的认同。就拿我周围的人来说，某亲戚 10 多年前依靠人脉，好不容易进了一家钢企，当时志得意满常常晒福利，如今呢？这家钢企经常裁员，在职也只能保障基本工资。某同学削尖脑袋调进交通系统，可是没几年改制成了聘用制……又如罗胖所言，如今银行最热门，可是还能再热上 10 年吗？

老虎身上的苍蝇，终究只是苍蝇，离开了老虎，经不起一拍子。今后的社会，自身能力才是你能混得怎样的决定因素。“单位情结”属于老一辈人，年轻人得争取做一个有价值的 U 盘，不依附任何“单位”也有存在的理由。

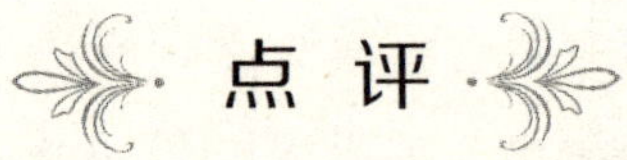

点评

谷底松、山顶草，千百年来一直引发文人无限感慨。位置决定成败、决定命运，不知道寒了多少进取人士的心。时至今日，市场经济还原了许多事物的本来价值。谷底松毕竟是松树，虽在谷底身价不会因此打折。山顶草毕竟是草，虽然长在高处也无济于事。

龙门公司

宁财神在《龙门镖局》里虚拟了一个奇怪的单位。身为镖局，“龙门镖局”一年没接到几趟镖，一群员工整天吃着、喝着、混着，虽然看不到前途，却对这个“大家庭”依依不舍。许多人觉得这样的单位在现实生活中不可能存在，没有效益，公司开着干吗？其实这样的零压力公司是有的，我曾经供职的一家文化公司就是如此。

我所在的那家文化公司曾经在业内赫赫有名，早在 16 年前，当时不到 10 名员工的这家小公司靠办杂志，一年好几百万元利润。算算那时的物价，这个数字很可观了。我应聘进去时，辉煌已经不再。一方面杂志业渐渐不景气；另一方面老板早就看清趋势，早早就将资金、精力大部分用于炒商业房产，由此身价暴涨，杂志这摊对于他已经无足轻重。

“这摊不亏钱就可以了，我之所以没有关掉它，是因为这些老员工当年陪我创业，我不能抛弃他们。”老板曾对我说。

态度决定一切。大家都知道老板已经无心“文化事业”，偶尔才来视察一下，于是便都很休闲地工作着。上班聊聊天、打打游戏，一个月的活儿集中到三四天赶完，老板还常常会请客去酒吧、迪吧。其实这是我理想中的公司，虽然工资不高，可是有大把时间写自己的东西。心情轻松，一个月下来堤内堤外收入加起来也还满意。

然而挂着个主编的名号，时间久了是不可能零压力的。杂志发行量与巅峰时相去甚远，圈子里同行不会说我们的一般员工无能，也不会说老板没本事，毕竟他很可能是本市这个圈子里最富的老板，没人会小瞧他，于是我就成了骂名载体。

混了3年之后，眼见自己不可能带领大家干出什么业绩，我便辞职了。对此，从老板到同事都很惊讶，因为我混着其实可以一直安逸下去，并不会有下课之忧。

“人总是要有点精神的!”收拾完东西走人之后，我自我安慰。不过我想假如我是一般编辑，很可能会一直混下去。

无独有偶，现在我侄儿也进了一家低压力公司。该公司老板人脉很广，常年能接到一些铁饭碗部门的应用软件研发业务。这些活对于侄儿他们非常简单，虽然工资不太高，但从不加班，而且周末公费聚餐，所以一干人其乐融融。

“公司几个主管都是老板家里人，别人没希望被提拔，所以也就没有钩心斗角，同事之间关系很好。”侄儿说出了这家公司最吸引人的地方。

有人想建功立业，也有人向往大隐于市，我和侄儿都不觉得喜欢安逸是什么羞耻的事。不过我提醒他，私下还是得自我提高专业水平，因为这种另类公司毕竟不多。以后如果不得不离开，还得有在社会上生存下去的本事。

点评

喜欢平静平稳的生活，并不是件丑事，它符合人性的正常需求。只不过追求和平，就必须有赢得战争的能力，想要安逸，也必须有捧牢饭碗的能力。

总结

现在很多人印象中，财富和职场是没什么关系的。因为靠薪水肯定没法发财，打一辈子工甚至会被视为“讨一辈子饭”。可是现实是残酷的，靠职场打拼谋生者肯定是绝大多数。所以我们应该调整自己的心态，“蚊子腿也是肉”，别把村长不当干部，也别把薪水不当财富。

第五辑

谈股论金

房子、金子、股票……这些一度让国人陌生的东西，如今又回到了人们的日常生活中，渐渐和柴米油盐一样，成为生活要素。由于接触时间尚短，人们对它们还常有迷茫感，还在摸索怎样与它们和谐相处。

不可忽视的指数

“再也不炒了，等解了套就金盆洗手!”股票升着升着，忽然大跳水。一不小心被套牢的老刘在办公室里天天念叨。老刘家境并不太好，他也知道股市有风险，不过他的如意算盘是趁牛市先赚一笔“风险基金”，以后这笔“风险基金”假如亏进去了，只当是一场游戏，是可以承受的。可是一开始先把本金亏进去，这种风险老刘心理上就难以承受了。即使他能承受，当初极力怂恿他下股海的老婆也无法承受，免不了要天天抱怨他。

老天不负有心人，念来念去，他那只股票居然涨起来了，老刘成功解套如释重负。然而每天习惯了偷偷在网上看股市行情，身边股友又总在谈股票，老刘就像一个老烟民天天闻烟味，终于忍不住又投身吓了他一身冷汗的股海。接着第二次被套，办公室里继续响起他“解套后再不炒股”的宣言……

这些天股市又牛了起来，相信我们的老刘解套是不成问题了，不过如此反反复复的行情想必让老刘更舍不得“金盆洗手”了。

老刘这样的股民在中国股市中具有很强的代表性，他们炒股似乎炒得格外艰苦。做任何事情，能够享受到过程的愉悦无疑是最高境界。国人则往往稀缺这种幸福感，于是求学、工作乃至许多刻意追求结果的活动，人们不仅享受不到过程的乐趣，反而总和“苦”字结下不解之缘。老刘们时时刻刻关注着股票指数，却没有去注意自己理财过程中的“快乐指数”是多少。

做学问往往是“难者不会，会者不难”，读书读得异常辛苦者未必有所成，快乐学习者却常常能事半功倍。炒股也一样，不少资金比较雄厚的炒家不会因为一时的涨跌寝食难安，严重影响工作、生活情绪。对于他们，炒股只是一场“局部战争”，不会因为套牢而影响自己整体的生活水平。在这种心态下炒股，往往能保持冷静，炒出智慧、炒出水平、炒出快乐。“赢家通吃”的规律在股市上最容易得到体现，经常赚钱的炒家往往同时也是最轻松快乐的。

有位理财专家给股民指点迷津，认为炒股是有门槛的。这个门槛就是你首先得问问自己：全家人的各类基本保险交了吗？家里是否留有三年家庭开支的钱？子女未来几年的教育经费预留了吗……答案都是肯定的，那么炒股对于你才不会是心惊肉跳的，你才有可能在股市里收获快乐。

炒股获利应该属于锦上添花，前提是你已经有了一块“锦”。现在我们许多股民的心态则是把股市作为主战场，希望押上自己绝大多数本钱，从中收获全家未来的幸福。这种心态无疑把自己“逼上梁山”，不成功回头就是苦日子。如此大的压力下，怎么会有乐趣？

牛市也好，熊市也好，老刘们的神经总是紧绷的，炒股不知不觉中掌握了对生活的“控股权”。其实在生活中，无论什么指数都没有“快乐指数”重要，因为它往往决定了你今后需要支出多少医药费，甚至决定你生命的长度。所以，老刘们不妨好好自我评估一下得失，如果不具备快乐炒股、健康炒股的条件，“金盆洗手”未必不是一种好的选择。

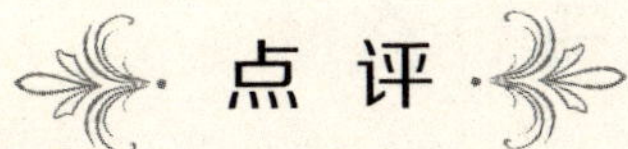

点评

澳门赌王何鸿燊曾经说过，他开赌场一直倡导“小赌怡情”，作为一种休闲方式去赌一把玩玩。不过真正迷恋赌场的人没几个能做到这点，大多抱着一夜暴富的梦想去赌。把炒股比作赌博，或许不贴切，可原理相似，都不应该孤注一掷，抱有太大幻想。否则期望大，失望更大。

3000 元用来干什么

在武汉举办的一次财富论坛会议上，企业家们感叹当地市民创业意识淡薄。“浙江人手里有 3000 元会拿去投资做生意，成都人有 3000 元会拿去消费，武汉人则会把 3000 元存进银行……”

如果放在欧美，即便上述描绘是准确的，人们也不会认为三者之间有什么高下之分，个性差异的存在正是多元化社会所必需的，价值取向原本没有必要统一。不过在中国，明眼、不明眼的人都一目了然，三者中的浙江人通过 3000 元促进了社会经济发展，又增加了个人财富，值得推崇；成都人有钱就去消费，看上去不思进取，但此举扩大了内需，也多少有利于当地经济发展；而有钱就存银行，就老土得有些不可救药了……

“我买了辆车，十多万元，贷款的……”上个月，一个当公务员的老同学告诉我，同时劝我也买一辆。

“我买不起啊！”我叫苦道。

“不会吧？你收入比我高不少，我都敢贷款，你不敢？保守！思想观念落后……”他一迭声地批评我。

不错，我同意他前面的说法，我每月的工资加稿费确实比他的收入多。可是后面的不敢苟同，我思想观念落后？我看过的韩剧和理财书籍都比他多，哪方面都不落伍。为什么我有点钱就忙不迭地存进银行呢？首先，我们家两口子所在公司的老板都没有学习过劳动法，所以没有和我们签订任何劳动合同，当然也没有交纳“三金”（这点在本市司空见惯）。所以我们的工资随时可能断流，我们每个月得自己去交“三金”，所以我们现在手头的钱并不完全属于现在，更得预防未来，这点与铁饭碗的体制内职工无法相提并论。时常有人劝我们去创业，豁出手头的钱投资，赢了从此翻身远离各种后顾之忧，亏了从头再来。然而亏了真的可以从头再来吗？或许我们可以艰苦一点，不过假如孩子失学了，他的青春是无法等我们东山再起以后重新来一次的。砸锅卖铁去创业，不仅不能促进经济发展，还会是社会不稳定因素。

手头有 3000 元会拿去干什么？固然可以从中窥见一些市民性格特点，但更多的是反映出当地的社会软环境。如果社会保障落实得比较好，或者市民对于就业形势相对乐观，那么没有了对于未来生计和不测的担忧，自然可以放松地去消费，谁不愿意过得洒脱一些呢？如果看到周围的邻居、朋友拿着 3000 元去投资，几年之后都有了几万元、几十万元、上百万元，置身其中，你就是再沉得住气也难免会有“去搏一下”的冲动。然而，当你觉得投资是绑架了全家一起去冒险，一旦失败基本生存保障都将失去，又怎么能豁得出去？

“你看看，我们武汉人就是没有出息，尤其男人……”刊登企业家们言论的报纸被老婆看到了，她同意他们的看法，不过把她自己划了出去，投资赚钱一般而言是男人的事情。

月底，我还是往银行存了 3000 元，都怪我老婆素质高，没有像某些人的老婆那样喋喋不休地“轰炸”老公的耳朵，否则我也许会抵不住压力去买上几只股票，加入“投资一族”行列。

吴敬琏说全民炒股不好，可是我等上班的男人不炒股又能投资些什么？

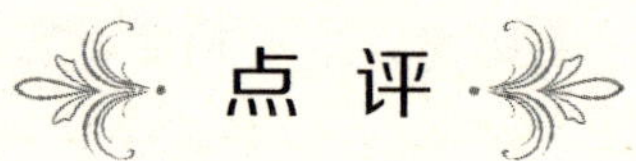

点 评

胆子大小常常是由自身条件决定的，很少见到一个体弱多病的人敢于经常与人斗狠。就像足球场上选择“全攻全守”还是“防守反击”，并不是主教练胆大胆小决定的，而是依据球队自身情况的选择。什么生活方式好？理性就好。

CPI与赛跑的姿态

现在这年月，洋“黑话”总是层出不穷。你刚刚弄明白MBA，人家都在谈CEO；等你搞清楚了CEO与“掌柜的”之间的区别，满大街又都在议论“CPI”。“跑不赢刘翔，至少要跑赢CPI。”如果连这句话你都没有听说过，那么大家都会觉得此人没救了。

煤气价格涨了，豆浆、油条价格也涨了，老百姓当然是难以冷静的，个别胆小的白领夫妇甚至因此产生了当“丁克”的想法。“丁克”理财法虽然可以节省一大笔开支，不过老了回头看看也许追悔莫及。

面对咄咄逼人的物价，只有某些理财师能心平气和。某兄向那些大惊小怪的老百姓解释道：自从有货币以来的几千年，80%的时间都在通货膨胀。大家觉得物价在涨，其实是一个误区，不是物价在涨，而是你手中的货币在跌……对于此类毫无意义的酸腐之言，听众连扔臭鸡蛋的兴趣都没有了。

“不理财是最大的风险。因为在负利率时代，长期存款会使金融资产的实际购买力不断缩水，家庭财富将被通货膨胀吞噬……”这位理财家说得没错，可是现在智力正常的成年人都明白这个道理，何须专家指点。

好在大多数理财专家还是能提出建设性意见的，他们的策略主要有以下几种：

第一，有好工作就能跑赢CPI。该派人士认为，“跑赢CPI”的前提是收入与物价的同步增长。显然，那些收入位居“平均增长线”以下的人群，无论如何是跑不赢CPI的。所以能考上公务员或者进垄断企业最安全，其次是获得一个热门行业的热门职位。这样无论CPI怎么涨，你的收入增长一定能跑赢它。此法虽务实，只适用极少数人，基本无意义。

第二，实物保值法。最近看到一位理财师的惊人之语：面对通货膨胀，符合经济学“理性人”标准的农民办法既朴实又有效。那就是抢购即将涨价的商品，涨价的商品至少可以保证资产的不缩水。酱油一脚盆、盐一麻袋、油N壶……这不又回到了20世纪80年代初了？那时老百姓就是这样应对通胀或者通胀流言的。事实证明，这样只能添乱。

买股票、买基金、买债券……证券理财法无疑是老生常谈，也是参与者最多的跑赢“CPI”策略。事实上，在股市里实现这一目标的股民常常是少数；其他理财产品有的确实能跑赢CPI，不过老百姓对于物价涨幅的直观感受往往高于CPI官方数据，甚至高出许多，所以依然会有不满足感。

怎样跑赢CPI，一方面需要国家宏观调控，另一方面需要个人有所行动。以往老百姓过于依赖前者，现在这一状况得到了很大改善。虽然关于怎样跑赢CPI，并没有让人们满意的答案，但态度积极总好过不作为。

“不知道球怎么踢，就往门里踢。”前国足主教练施拉普纳的这句名言听起来滑稽，却也有哲理，“往门里踢”是一种积极态度，哪怕没有踢进。同样“跑”也是一种态度，哪怕没有跑赢 CPI。

点 评

CPI 是个飞毛腿，想跑赢它，真不是件容易的事。但我们不应该放弃努力，跑一跑总比不跑好，少输当赢。何况也不是一点机会都没有，或许你能找到一种跑赢它的方法。有一种好态度，生活才会有精神。

别人的鞋不好穿

“走自己的路，让别人说去吧！”意大利诗人但丁的这句话曾经备受国人推崇。20世纪八九十年代，我等有志或者暂时无志的青年常常会在人前，特别是女孩比较多的场合说这句话，自以为因此就会显得卓尔不群。到了21世纪，忽然有人对这句流传了几百年的进口名言进行了国产化改装，变成了“走别人的路，让自己说去吧”。再后来，此版本升级为“走别人的路，让别人无路可走”。前几天我在一个朋友的QQ签名上看到“穿别人的鞋，让别人找去吧！”有异曲同工之妙。

“这个基金的年利息是多少?”这是一个新“基民”对营业人员的咨询。“选哪只股票?我不太懂，根据感觉找标价便宜的买，等着涨起来再卖出去……”这是某中年女股民对记者采访的回答。谁说中国人不懂幽默，谁说相声、小品每况愈下，咱们的幽默大师都跑股市上来了。常言道，有多大脚穿多大鞋。不用问，这两位一定是穿了别人的“鞋”跑到股市上来了，自己还没觉得不合脚。

前几年，有人说中国的股市得了“疯牛病”，如果要分析病因，对别人的路、别人的鞋过于关注显然是主要原因。何止股市，利用不少国民身上的这一弱点，一些没有多少价值基础的东西也常常能被炒得让人瞠目结舌。某年，据媒体报道，普洱茶在北京、上海等地十分走俏，50 克的陈年老普洱茶甚至拍出上百万元的价格。在并非炒茶热点的本市，15 年的普洱茶价格也高达 4000 元/斤。只要有理智的人都会知道一斤茶不可能值这么多钱，只要有一定阅历，都还记得二十多年前“疯狂的君子兰”，曾经使成千上万的跟风炒卖者倾家荡产。不过在暴利的诱惑下，激情往往会冲垮理智的防线，穿别人的鞋、走别人的路，既然别人已经赚到钱了，自己为什么不能?

盲目跟风常常被误以为是低素质者的专利，然而现实生活中，跟风就像流行感冒，什么层次的人都有可能被传染上。当年牛市时，有报道说许多地方公务员上班时间炒股，无心工作。绍兴县纪委甚至发文，要将公务员办公电脑上的股票软件一律清除，机关人员一旦被发现在工作时间炒股将被追究责任，严重的将被辞退。牛市再牛，毕竟持续的时间有限，一般小投资者不可能靠许多年一次的牛市彻底改变自己的人生。作为公务员这样工作稳定，收入、福利较好的职业，在自己的本职工作上谋发展，肯定比不顾事业前途一心炒股好得多。

为什么人们常常会对别人的鞋子感兴趣，或许因为它时尚，或许因为它的主人炫耀这双鞋穿得如何舒服，于是想去穿别人鞋的人往往忘记了自己的鞋码，不顾一切地也想让自己的脚挤进去。热衷于走别人的路，常常是因为这条路越来越拥挤了，拥挤得让自己心慌意乱，情不自禁地想挤进去。

穿鞋除了选择美观，更要注重舒适；赶路除了为了到达目的地，更应该充分享受沿路的风景。自己的鞋、自己的路未必不如别人的好，常常是心态破坏了感觉。

点 评

“鞋子合不合脚穿着才知道。”习总曾经这样论述国家发展之路，放在个人发展上，此话也很贴切。我们没必要羡慕别人的鞋漂亮，因为或许穿在自己脚上夹脚。给自己穿小鞋，这样的蠢事还是不做为好。

炒股是一种修炼

一次去听一位理财专家的讲座，专家在台上滔滔不绝地讲着炒股应该注意的几个问题。

“决定炒股之前，你应该问问自己，是不是交了养老保险、医疗保险?”专家说，我交了，我在心里答道。

“有没有预留家庭今后两年的生活费?”专家又说，我在心里盘算了一下，我预留了。

“你是否预留了子女今后三年的教育费用?”专家接着说……

真是英雄所见略同，专家所说的几乎和我想的完全一样，控制家庭资产投资风险是做一个健康股民的前提，我们应该对自己的父母、妻儿负责。

事实上，我身边大多数股友一开始都是很谨慎的，然而炒着炒着，其中一部分人在不知不觉中变成了赌徒。

“前几年最高峰时，我在股市里的钱一年间翻了两番。可是现在，赚的钱赔进去不算，还倒亏不少……”邻居小马前几天向我诉苦，说眼下还按揭都困难了。

经历了前几年的大好形势，可是最终胜果不保者比比皆是，说到底验证了一句话：“牛市有时候比熊市更危险。”牛市背景下，人人心潮澎湃，生怕错过了千载难逢的历史机遇，所以风险意识大大退化。“富在险中求”“人生能有几回搏”……中国人的哲学思想丰富多彩，怎么说都能找到理论依据，在头脑发热时，这样的名句往往取代了“股市有风险”的警句。于是押上全部家当者不在少数，借贷炒股者也为数不少。最后股票一跌，追悔莫及。

控制炒股风险，有计划、有理性地操作，这其实不需要多少技术，炒股最大的风险往往来自心态。这不由让我想起一位伟人，学生时代他常常特意到闹市街边看书，周围的喧嚣根本不能影响他，这为他日后在复杂局势下冷静地运筹帷幄打下了基础。

古代常常有人刻意寻找世外桃源去修行，其实真正的高人应该是在闹市中修炼出来的，能抗干扰的理性才是坚韧的。如今，最能锤炼心态的地方无疑是股市，面对潮涨潮落，作为一个股民，假如你可以修炼到处变不惊，始终坚持自己的投资原则。那么即便你在股市中没有收获多少，也一定会成为生活中的强者。

炒股的目的是赚钱，假如你不把赚钱作为炒股的唯一目的，你也许更有可能赚到钱。

点评

“敌军围困万千重，我自岿然不动。”这是毛泽东的著名诗句，从中可以看出一种英雄气质。有了这种气质，无论在战场还是商场肯定战无不胜。和平年代，股市是修炼这种气质的好地方，能在牛市、熊市之间宠辱不惊者，在生活中肯定也难以被打败。

从理财到投机

“理财”，历来都是中国人生活中特别重视的内容，不过在过去几千年，所谓理财无非是节俭，大不了买几亩地，所以理财是没有多少技术含量的。

父母那辈人物质生活匮乏，不过收入越低微越喜欢储蓄，让存折上日积月累不断增加的数字带给自己安全感。相当长一段时间，一笔大储蓄能让人下半辈子不劳而获成了许多人眼中最大的幸福。二十年前，听说某人有十万元存款，邻居们往往艳羡地说他今后不工作，吃利息都够过一辈子了。

利息这个吸引了中国老百姓几十年的东西，在物价不断的攀升中渐渐失去了光环。现在谁有个一两百万元，包括他自己和旁人都不敢保证他下半辈子可以高枕无忧了。白领、金领35岁前打拼，35岁后休闲养老的设想在变化莫测的物价行情下，越来越不现实了。于是，有别于储蓄的其他理财方式渐渐在老百姓中普及起来，虽然大多数人并不喜欢复杂的理财方式，不过为了让手头的财富不至于贬值，也别无选择。

储蓄这种传统的理财方式很适合中国人相对稳健、保守的性格，因此，高风险的炒股照理应该不会吸引太多的普通老百姓。可是实际情况恰恰相反，中国股市常常令股票史有几百年的西方人瞠目结舌，疯狂、盲目、全民参与等屡屡让按经济学理论预测分析行情的专家出丑。原本让西方人感觉有些神秘的中国人，现在更让他们雾里看花了。从保守到冒险，从热衷于储蓄到卖房子炒股，中国人理财思维上的蹦极形成了一种独特的经济奇观。

理财为什么理着理着就变成了全民投机？一是中国人固有的从众、攀比心理往往造成非理性投资，一旦社会上形成一两个投资热点，盲目涌入的闲散资金很快让投资变成了投机。二是对于外来诱惑的心理承受能力。面对20%、30%这样高的投资回报率，也许大多数民众并不怎么动心；对于复杂理财技术的畏惧和对风险的担心，使他们宁可选择回报率只有其十分之一的储蓄。而一旦身边有人获得了几倍的超高额回报，诱惑便足以让理智崩溃了，再大的风险也挡不住投机的冲动。

追求稳定的保守思想与好赌的冲动并存；喜欢凭感觉，不喜欢太复杂的理性分析……这些是国民普遍的理财性格。俗话说："性格决定命运。"理财性格决定了国民在储蓄与投机之间的两极跳跃。

理财渠道少固然需要引起重视，我们的经济学家更应该适应国民理财心态和性格特点，多研究推广一些适合国民操作的理财模式，减少民众投资的盲目性，让理性投资取代投机成为理财主流。

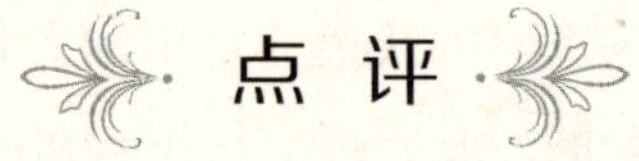

点评

似乎没有哪个国家像中国一样，传销之类粗糙的骗局总是阴魂不散，由此可见国民性中存在某些顽疾，诸如非理性、易冲动等。正因为如此，相关理财模式的设计更需要考虑国情，具有创新性，不能照搬国外模式。

从理人到理财

“杨老太账户上已经超过两百万元了……”在我们这个不大的单位里，这条消息只用了一个早上就传播到了每个部门的每个角落。

对于这样一条消息的真实性，我当然是高度怀疑的，因为消息来源相当可疑。如果它来自证券公司的工作人员，透露客户账户信息显然是违法的；如果出自杨老太本人之口，她家住哪里单位人都知道，而截至昨天，我们还不曾发现她家请了保镖，他们家甚至连狼狗也没有买一条……

国人对于他人的暴富往往宁可信其有，不愿信其无。所以我的怀疑不像“哥德巴赫猜想”，没有哪个“陈景润”愿意去研究。大家最关心的是杨老太作为一个六十五岁高龄的退休职工，学历不过是初中，她为什么二十多万元起家会炒到二百万元？研究结果，大多数人认可的说法是她很早就进了“大户室”，“大户室”里估计总会有一些散户不知道的内部消息。起码可以认识一些有“资源”的人，跟着他们炒，赚钱当然容易得多。

国人传统的投资理财观念中，理财必先“理人”，人脉顺了才能得到比对手更多的“资源”优势，才能通过不平等竞争去获得超出经济学理论分析的投资利润。对于这种观念，国人往往既深恶痛绝，又舍不得放弃。

与其他投资理财方式相比，股票透明度高，相对公平、公正、公开，这也是它目前成为国人首选理财渠道的关键因素之一。说炒股投机也好，投资也罢，有个积极作用无法否定，那就是通过炒股普及了国人的经济学常识，促进了学习之风，也在某种程度上改变着国民的思维方式。经过炒股的熏陶，理性思维部分替代了国人自古以来习惯的感性思维，这对于提高国民素质起到了潜移默化的作用。不过如同哲学教科书所说，事物的发展往往是螺旋式的。国人在享受着炒股的平等、透明时，对于所谓“内部消息”从来没有停止过兴趣，相当一部分人觉得靠“技术”炒股不如靠“内部信息”炒股来得快。于是大凡文化程度不高，又不是靠股市早期运气发财的暴发户，多半会被人疑似有“内部资源”。除去传统观念因素，人们相信“内部消息”的存在，也是一种自我心理暗示：不是咱技不如人，是人家有“关系”……

无色、无味、无影无踪的“内部消息”在各色人中起到了不同的作用，它是骗子诱人上当的诱饵、小股民失败后疗伤的借口，散户不希望它存在又希望自己能拥有它……

从靠“理人”来理财、靠“贵人”来谋求发展机会，到如今大家注视着同一块行情显示屏，这一过程经历了数千年漫长岁月。相信随着“螺旋式发展”渐渐上升，不久的将来如果有谁说到“内部消息”，其他人都会一脸不屑地望着他说：“你是新股民吧?”

点评

“我上面有人。”这是一部喜剧片里一个小人物的口头禅，真实地反映了一种国民心态：坚信靠人、靠非正规渠道才能办成事。这种心态无疑会影响理财投资思路，更容易被骗子所利用。而要让大家逐渐改变这种旧思维，必须规范投资市场管理，打消人们不必要的猜测。

从陌生到熟悉

平生第一次接触资本市场是在20世纪80年代初的一天，父母发工资时带回几张钞票一样的东西，说是“国库券”。

毛主席那时候是既无外债，也无内债……很快，国库券成为了街头巷尾热议的话题。当时正值改革开放之初，言论渐渐自由了，大家的思想观念却还比较闭塞，所以对于国库券贬多于褒。那时的人们觉得只有现金和银行存款是可靠的，国库券虽然利息高于储蓄，毕竟不能像钞票那样拿去买东西，万一丢了也不能像存折那样挂失。相当长一段时间，国库券要靠在工资里直接扣才有人要。作为变通，国库券换鸡蛋之类的买卖一度很兴旺。

一晃过了十多年，备受冷落的国库券渐渐被人们接受，尤其受到中老年人的欢迎，有时要在银行排几小时队才能买到。

20世纪80年代末，另一新生事物登场，那就是股票。和国库券一样，股票刚开始也无人问津，靠摊派才能卖出去。然而，短短几年，那些被动当上股民的幸运儿在抱怨中突然发财了，一时间买股票就能赚大钱成了老百姓的共识。1992年一个月黑风高的冬夜，好友二喜不远几十千米跑来请我吃夜宵，苦口婆心劝我和他合资炒股。他用大量事例旁征博引，给我描绘出一幅金灿灿的蓝图，指出对于我们这样没有背景的青年，炒股是改变命运的唯一机会。最后甚至总结出结论：面临这样的历史机遇，不炒股就不是男人。上对不起父母，下对不起未来的妻儿……

涉及性别大事，我不想去练《葵花宝典》，看来就只好炒股了。于是暂时放下辞职南下的想法，将积攒了五年的几千块钱投入了股市。那时二喜和我都是股盲，两眼一抹黑。不知道他从哪里得到“概念股必赚钱”的理论，于是买了当时价位很高的“宝安”，买了以后就一路下跌……到了第三年我们俩的本金不到当初的三分之一了。

炒股炒没了南下的准备金，眼看单位每况愈下濒临倒闭，心里后悔不已。“炒股要有好的心态，它只能是生活的一小部分，不能作为主要部分。”当了几年股民，我得到这样的感悟。几年工夫，我成了一个失败而且面临失业的股民，而1992年趁着小平南巡春风南下打工的朋友们，此时大多已经把握历史机遇，成长为各自公司的骨干，事业发展前景光明。

20世纪90年代中期，又一个新生事物闪亮登场，那就是“保险”。像国库券和股票一样，对于上门推销的保险，大家一度很不习惯，推销难度很大。我的几个好友当时正好失业，又找不到别的工作，于是逼上梁山当上了保险业务员。几年之后，这些曾经落魄的人大多小康了，有的过上了有房有车的小资生活，让我们这些一直有份“正经工作”的人感叹不已。“福祸相依”，看来古人说的一点没错。

“30年走了西方200年的路”，有海外媒体这样评说中国最近30年的发展。或许在这样的速度影响下，我们的资本市场屡屡上演财富神话。渐渐地，从陌生到熟悉，大家都成熟起来了。国债、股票、保险……这些已经成为我们生活中的一部分。它们影响着我们的生活，但已经不能左右我们的生活了。

点评

从陌生到好奇再到平静，国人对资本市场的认识经历了这样一个过程。从冷冷清清到热热闹闹再到平平淡淡，国债、股票、保险……都走过了类似的发展之路。可见许多事情不用急，门可罗雀时不用急，过热时也不用急，一切逃不出经济规律，终究会渐渐正常。

带头大哥与大头厨师

多年前的春节晚会上，《卖拐》成了当年最受欢迎的小品，赵本山的“大忽悠”形象固然活灵活现，范伟演的“大头厨师”更让人忍俊不禁。天下真有那么傻的人吗？大家都不相信，以为这是艺术的夸张。不过社会生活的丰富多彩很快让我们发现身边“大头厨师”大有人在。

大凡骗人上当，最难的就是首先要引人注目。当年姜太公钓鱼，不知在渭水边守候了多少个日夜才等来周文王。现在是讲究效率的时代，自然不能等到头发白了再出手。于是变钓鱼为撒网成了最大的技术革新。网络时代，撒一张大网也不是什么难事。

那年，艾晴晴计划用别针换别墅轰动一时。笔者智商不高，不过出于对价值规律的高度信任，自始至终觉得这里面一定有“猫腻”。可是不少媒体就像旧电影里的好人，观众都看出他们身边那个贼眉鼠眼的家伙是坏蛋，他们却毫无知觉，帮着炒作。炒着、炒着，策划人立二先生自己浮出了水面，宣布对这起事件负责。于是非著名策划人立二先生著名起来，他的生意顿时忙得不可开交。被“忽悠”的人们觉得自己的智商受到了侮辱，不过经济上没有受到什么损失，顶多私下阿Q般骂几句

“妈妈的”也就重新心平气和了。

立二在接受采访中反复提及了“注意力经济”这样一个概念，他的忽悠就是充分运用了这个概念。以前有个相声，说街上一个人流鼻血，于是仰头站着，等他低下头之后发现周围一大堆人也都仰着头不知道在看什么……假如那个流鼻血的人是立二先生，相信他一定会抓住商机，迅速接下几个广告。趁大家都还仰着头，用气球悬挂起几条广告语……

2007年7月2日，叱咤风云的“带头大哥777”被警方以涉嫌利用网络非法经营投资业务而遭刑拘，其时他的账户上已经有一千多万元资金了。就像许多侦破片一样，一旦谜底揭开，人们发现此案原来漏洞百出，其实早就该露馅了，我们竟然没有看出来。不过在现实生活的忽悠案例中，漏洞往往正是骗子的高明之处。带头大哥的QQ群门槛很高，收费不菲。这恰恰让一部分警惕性很高的高尚人士放心了，假如是免费的，你敢相信他吗？现在没有几个人相信身边会有活雷锋。收费越高，往往让人以为水平越高。带头大哥要你买哪只股票，没有任何分析说明，凭的就是感觉。国人大多数对经济理论不感冒，对能人却有着天然的崇拜情结，能人都是很跩的，跩着跩着就被大家抬举成了“神”。

索罗斯说过：炒作就像动物世界的森林法则，专门攻击弱者，这种做法往往能够百发百中。日本股神是川银藏说：股市是谣言最多的地方，如果每听到什么谣言，就要买进卖出，那么钱再多，也不够赔。

“大头厨师”如果不治愈容易被忽悠的毛病，走在街上都会有风险，何况进入充满利益博弈的股市。炒股是体现个人综合素质的智力劳动，要使自己不成为索罗斯笔下的弱者，一要摒弃懒惰心理，加强学习，使自己成为准行家；二要抵御外界诱惑，有鉴别信息的能力。

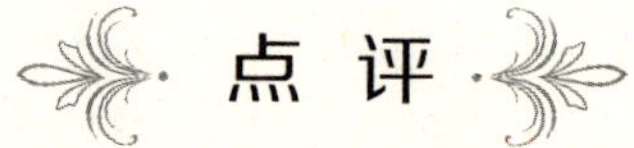

点评

中国人以勤劳勇敢闻名于世，这点已经无须证明，如今世界各地每个犄角旮旯几乎都能见到中国人，或经商或务工，勤奋程度都能让当地人赞叹不已。然而有时候，中国人却好像不太相信自己的脑子，总希望能傍能人去致富，结果常常傍来了骗子。

房奴与股疯

过去几年间，我等“候补房奴”对股市充满了期待。这句话看起来像是病句，“候补房奴”又不是股民，对股市期盼个什么？原因就在于憧憬着商品房降价的我们，眼见宏观调控与房价之间 PK，前者似乎不是对手，于是只能期盼围魏救赵。试想假如股市大热，那些炒房族势必大举进军股市。社会闲置资金总量是守恒的，此消彼长，也许通过曲线救国可以解房价高涨之围。

我这个人是急性子，等着等着，股市就像偷偷练了“葵花宝典”的岳不群，再多猛药也无法雄起了，于是终于忍不住买了房。从此不再关心股市，一门心思关注楼市，潜意识里盼望着它涨。国人或许大多有此心态，就像挤公共汽车，一旦自己上去了，常常希望别人不要再挤上来。又想到鲁迅先生说旧中国的国民：“不是坐稳了奴才，就是想做奴才而不得。”用在买房上，房奴固然辛苦，可是俯视想当房奴还不具备条件的国民，幸福感便油然而生。

世界上的事情往往要什么没有什么，不要什么偏偏就来了。这点也像等公共汽车，你在站上翘首半小时不见车来，不等这班车时，它总是一辆辆从身边驶过。就在我对股市已经漠不关心时，它一度疯涨起来，虽然后来也经历过几次跌宕起伏，不过总有人号称赚了不少。

“股票暴跌的时候，应该去证券交易所。股票暴涨的时候，你想赚钱？最好在交易所门口摆个报摊，顺便卖盒饭……”我的一位朋友这样说。此君一脸络腮胡子，貌似西方思想家。说这话时表情很酷，像孟德斯鸠。他现在当然没有炒股，在别人看来或许是看破股市奥妙，思想与众不同。我却总是以小人之心猜测他一定和我一样，因为刚刚买了房，一贫如洗，想当股民而不得。

“股票跌的时候……”虽然我没有络腮胡子，表情也酷不起来，不过还是常常对办公室同事说这番话。可是说着说着，身边一个个战友都跳进了股海，连打扫卫生的老刘头也不例外。每天办公室里只要有一个人开始聊闲天，没有五分钟，话题必然引向股票，我顿时成了办公室里的“孤岛”。

“吴敬琏说反对全民炒股……”某天，一干股民正在议论得热火朝天，我在名人的掩护下告诫他们。

“那老倌想是喝多了，我们炒股干他鸟事……”文学造诣颇高的小马不屑道。

“听说南京一个大学生炒股不到一年，赚了 29 万元……”会计小刘说。办公室里的气氛又热烈起来。

有专家说：长远而言，股市总体上会以牛为主，全民炒股将势不可当。虽然看到周围某些人号称赚了一些钱，我等局外人心里莫名酸楚，可是手头空乏无力当股民，这点与 20 世纪 90 年代“股疯”盛行不同，是高房价的副作用。客观条件使得全民炒股不至于最终成为现实，这也算我们无意中为减少股市泡沫做出了一点贡献。

点 评

就像赌场不用担心没有赌徒，股市也不必担心股民流失。虽然总会有人亏得痛心疾首，可是一旦又有行情，听说周围×××赚到了多少，他们很快又会回来继续战斗。面对如同中国球迷一般顽强的股民，证券管理机构真该好好维护好这个市场，不能对不起他们。

关键的 12 万元

“是不是嫌泡饭不好吃？我和你妈都吃了几十年了……”星期天一大早，老爸又唠叨开了，原因是我们两口子说赶一个聚会，不想在家吃早餐。

“昨天那个电视剧里，人家香港大富豪吃早餐，桌子上除了泡饭就是酱瓜。以前地主、资本家的钱怎么积累起来的？靠的就是节俭……”老爸又滔滔不绝地阐述起了他的财富观。从政治上讲，他这种观点放在“文革”怕要挨批斗；从经济学角度，节俭也不可能是富豪聚财的主要因素。

父亲太缺乏理财常识了！我们常常感叹，这导致了他节俭一辈子都没有多少成果。可是我们读了不少财富文章也还是无用武之地，因为我们面临大多数年轻人同样的难题——无财可理。

好在眼下媒体最不缺少的就是理财专家，从某报我们找到了“无财理财”的高招。那篇文章以一对月收入合计仅 4000 元的新婚夫妇为例，让他们每个月存款 300 元，定投基金 200 元，生活费 1500 元，还房贷 1400 元，水电、通信、网络等其他开销 600 元。另外，把工作以来的存款 12000 元拿出来投资股票。如此这般，10 年以后贷款的房子是自己的了，存款和基金投资也会有一个不小的数目。

前景着实诱人，然而目标却不容易实现。在省城一对白领夫妇月生活费1500元，这点就不容易做到。一年中许多月份都会有节日，两边父母处一走动，在电视机里“收礼只收××金”的广告声中，好几百元就没有了；新婚夫妇交往的朋友、同学、同事彼此年龄相仿，经常接到结婚请柬是免不了的，于是……另外每月1400元10年就能还清房贷，首付金额应该不小，除去结婚等其他费用，小两口能做到不四处欠债，竟然还有12000元存款吗？即便有，在目前行情下这小小12000元投资股市，简直就是汪洋中的一块小木板，能指望它有多大作为？保全自己已经不容易了。

理财需要本金，这是无法回避的问题。本金来自何处？商务部的一项统计对年轻人有所启示，统计显示，除去购房之外，中国年轻夫妇结婚平均花费12万元！这12万元是不是多了点？看看前两年的一篇流行网文《国内九城市娶老婆成本一览》：“娶一个南京老婆的成本：轿车，以普通代步车为标准，计10万元。度蜜月，以港澳、新马泰为主要出行地，平均每人费用以8000元为标准……北京讨老婆的成本……”这样的文章虽然以偏概全有些信口开河，但反映出一个问题，现代年轻人普遍渴望理财，同时又不愿意降低生活档次、放弃面子追求。

现在想想老爸这代人的“节俭论”并非完全没有道理，至少在理财初级阶段，你必须放弃一些东西。比如，虚荣、超出收入水平的享受……你得过相当一段时间的穷人生活，才有希望在未来成为相对富裕的人。这需要你自己的意志、毅力去完成，再好的理财专家也不能代劳。

削减12万元中的大部分成本，你应该可以做到，这也许是你财富人生的关键一步。

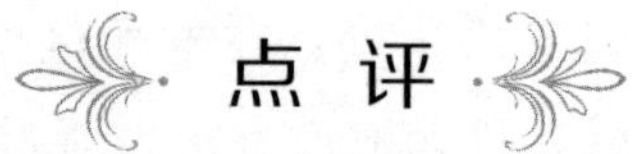

点评

除去购房，结婚平均花费12万元，这可能是平均了广大农村地区得出的数字。即便如此，也还在年年攀升之中。对于一般草根家庭，面子、里子难以两全，所以大多数人新婚后几年日子总会过得紧巴巴。其实痛下决心，压缩不必要的结婚费用并非不可能，拿这些钱启动理财之旅，也许对家庭的稳定发展更有意义。

天下无险

股市发展到2007年，越来越有娱乐圈的味道了，不断有新资讯愉悦或者刺激着人们的神经。深圳大学传播学院一名副教授的调查显示，当年有80%的大四学生都在炒股；西安卧龙寺和尚释常兴一不留神成了股市第一僧……

在这样沸腾的形势下，心如止水需要莫大的定力，于是眼见得身边最后几个坚守者，今天有两个忍不住跳进了股海，明天又扑腾下去三个。

“我今天去开户了！”记得某天，公司司机老马说，其时他正在拥挤的马路上开车送职工下班。

“你前几天还在说没有永远的牛市，涨得越高风险越大，将来总有一批人会亏得哭不出眼泪……”我提醒老马复习他的那些警句。

“是啊！我现在依然觉得有涨必有跌，可是跌了还会涨。看着看着，我们邻居二傻这样没出息的家伙都误打误撞赚了不少，我们怎么看得下去？不如硬着头皮去试一把。赚着了，改善一下生活，跟上大部队。亏了，相信也不是亏我一个，大家亏不算亏。”老马分析道。

看来如同老马这样的“股盲”级新股民并不糊涂，他们不是不知道股市有风险，他们也知道越是牛市背景下风险积攒得越来越大。可是他们却宁可选择“醒着尿炕”，股盲炒股其实不再是一种经济现象，而是一种心理学现象。一个外科大夫靠动手术赚了大钱，周围的人固然会有些嫉妒，可是没有多少人会去跟风模仿，因为人家有学问有技术，这种能力不是一天两天可以练就的。可身边不断有什么都不懂的家伙，在股市里跟着感觉买股票居然发财了。是可忍，孰不可忍？就是有危险也只能冲进股市拼一把了。“和尚动得，俺就动不得”，当年阿Q兄企图对小尼姑耍流氓时曾经说出这样的名言，此话其实深刻反映出一种国民心态。和尚被认为是最没有资格耍流氓的，所以和尚“动得”就意味着其他人都动得，耍流氓也就找到了充分的社会学依据，说出来居然就可以理直气壮了。以此类推，什么都不懂，平日特别不起眼的家伙炒股赚钱了，其他人没有去炒股，心里会觉得格外“妈妈的”。

当然，群众的眼睛是雪亮的，他们并不像某些经济学家所说的那样愚昧，他们大多数知道股市风险莫测。不过在看待风险问题上，心理学总是比经济学占上风。如果不炒股，固然无风险，可是得眼睁睁看着二傻之流拿着赚到的钱吃香喝辣拉臭，这种煎熬太难受了；炒股或许有一天会亏得伤心得如丧考妣，可是既然这么多人都下了股海，淹死的自然也是一大片，有教授、有上司、有自己仰视的某某……这么多人互相陪着倒霉，这种失败也就变得可以承受。

“长久而言，股市会持续上涨……”这些年，不断有人在身边鼓噪着，大多是些新入市的股民，他们内心其实并不认可某些持相同观点股评家的看法。在中国，股评家和经济学家一样，名声历来不好。他们之所以要这样鼓噪，只是出于争取自我利益的本能。鼓噪着、鼓噪着，难免又有一批新股盲“下海”了。

在一个挤满了股盲的股市里，什么事情都有可能发生，所以所谓的经济学预测常常会让人觉得是狗戴嚼子——胡勒。因为不可预测，风险自然越来越大。不过从心理学角度看，正因为一旦熊市出现，套住的人越来越多，所以心里反而越来越踏实了。

天下无险！

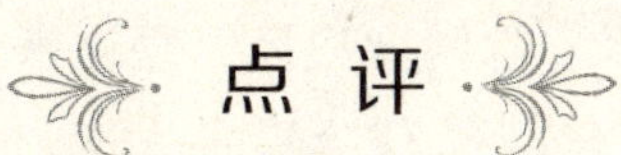

点评

“大家好才是真的好！”这句话很高尚，可惜出自某广告，公信力不足。“大家都差就不算差！”这倒是市井之中普遍认同的观点。如今倡导跨学科复合型人才，股评家不学点心理学是会落伍的。

投资之难

可能因为回报率低，且没有技术含量，现代人说的“理财”通常不是指储蓄和买国债，国人接触到第一类比较复杂的理财方式是买保险。从保险小范围地进入百姓人家，到如今保险观念已经十分普及，保险业应该已经进入了成熟期，可是依然有些关键问题阻挠着个人保险的进一步发展。

“听说我们缴的保费有40%是业务员的提成，难怪他们有精神三天两头来磨，好话说尽百折不挠……”一天，几个已经买了寿险的同事议论道。

业务提成究竟有多少？许多保险客户非常关心，却只能从小道消息中得到答案。大家之所以关心这个问题，除了心理平衡方面的原因，也是为了了解自己将来的收益是否有保障。保险公司靠什么获得高额利润维持良性运转？不会是靠收年轻人的钱去补退休人的空吧？如果这样，随着人口年龄结构的老龄化，今后势必越来越困难。

担心人人有，能够了解到详细信息的却寥寥无几，这种情况客观上影响了一部分潜在保险用户的决心。

怎样保值、增值是理财者最关心的问题。就中国人的传统观念看，金银等贵重金属颇受青睐，但这类投资需要很大资本金。而且金银只有在乱世才能体现出投资价值，平常年景，它们并没有多少升值空间。

通过收藏品投资理财近年来逐渐热了起来，从各大电视台"鉴宝"栏目越来越多就可见一斑。然而鉴别收藏品的能力可不是一朝一夕可以练就的，好的收藏家几乎都是专业人士。另外，我们大多数城市并没有规范的收藏品交易市场，怎样进货？如何出货？怎么保障买卖双方的资金安全？一系列至关重要的问题都找不到答案。

物价的变化让每个人都能体会到理财的必要性，储蓄是不能阻止手头资金贬值的，最终大家的闲置资金大多流向了房市、股市。投资房地产需要大量资金，一般人玩不起。即便部分高收入者有能力买第二套房，将来资金变现较难，毕竟不是可以随时"吐出"、随时买入的。而且在现阶段许多人没有基本自住房的情况下，炒房多少有悖社会道德。

筛掉所有备选品种，股市成了最简便的投资渠道。于是中国股市的间歇性"疯牛病"和"打摆子"就成了一种顽疾。许多专家列举美国股市的成长，预计中国股市即将走向理性成熟期。这些洋务人士显然是忽略了中国国情，在理财品种稀少、无法分流百姓闲散资金的前提下，股市不可能随着"年龄"增长，自我理性起来。

投机的人多了，股市中的理性投资者也难免被投机旋涡卷得身不由己。让理财信息得到有效传播，使老百姓能通过了解公共信息成为某一方面的理财准专家，这是破解理财之难首先要做的事情。

点 评

虽然名声不太好，可是股评家这些年来一直是个很稳定的职业，这得益于其他理财渠道的匮乏。看着网上股评家言论后面往往一大堆股民在“拍砖”，很让人同情，显然信息渠道令他们很不满意，可是他们又不得不看，因为没有别的选择。

小马的选择

利率又涨了一点点，虽然涨的幅度非常小，在粗线条人士看来差不多等于没涨，可还是成了舆论议论的焦点。世上大多数事情是习惯成自然，在利率问题上却并非如此。每次利率微涨，房奴们都会有些慌张起来，还款问题上何去何从成了一次哈姆雷特式的困难选择。

“我准备找亲戚朋友借一点，再加上手头积蓄，提前还款……”已经当了三年房奴的小马说。他的口气并不坚决，而且当着我们这些朋友说，下意识里显然是想听听我们的意见。

“别干这种蠢事！”从深圳回来度假的老同学小刘劝阻道。“你想想如果不是因为买房，作为小市民，你平时想找银行贷款做生意几乎是不可能的。现在你既然有能力筹集一笔钱，留在手头作为资本去投资，回报肯定高于存款利息，何必让它回到银行，自己手头重新一无所有……”

小刘的话不无道理，通过房贷得到的钱虽然已经变成了房子。可是有了房子作为基础，有了加息作为理由，向亲友借钱提前还贷比其他形式的开口借钱容易“得手”，由此就获得了一次创业、投资机遇，变加息的不利消息为有利条件。

“即便不是为了以后有机会做生意，你也不应该提前还贷。”在政府部门当公务员的小王说。“你想想十年以后，你的薪水会涨到多少？也许已经是现在的几倍了。利率再涨，也不太可能翻几番，所以从长远看，慢慢还贷是不会吃亏的。”

小王说的似乎也有道理，不过小马的犹豫并没有因此消除。究其原因，他的处境和寓言故事《小马过河》中的小马一样。寓言中那匹小马曾经求教于大象，大象说河水很浅，只到腿边；松鼠说河水很深，淹没头顶……

相比于对河水深浅摸不清楚的寓言中的小马，我们现实生活中的“小马”们虽然对利率还会涨多少摸不清楚，但至少信息是公开的，他们大致可以感受到自己需要承担多少压力。现实中的“小马”们最需要看清的是自己的情况，就像寓言中的小马需要知道自己有多高。就拿我的朋友小马来说，他其实是个上班族，朝九晚五按部就班。虽然不能断定他未来一定不会经商，至少公司没有解雇他之前，他几乎不太可能去做生意，也没有迹象显示他会去做某些方面的投资。所以，小刘对他的劝告其实完全是从自己的角度出发，以己度人。十万元、八万元放在小刘手里，一两年内也许可以翻番，甚至几番，不过在小马手里也许只能放在存折里。小王是公务员，他们的收入水平可以随着物价上涨，十年后高出现在许多是毫无悬念的。可小马吃的不是皇粮，他的工资受物价影响小，受市场影响大。事实上，由于近年来大学生、研究生毕业人数过多，他们行业的工资水平还略有下降……除此之外，每个人的个人心理素质也不尽相同。有人想到慢慢增长的还贷数额，睡不好觉，有人却可以泰山崩于前都面不改色。有个朋友就曾很坦然地说：“按照现在的政策即便还不上贷款，银行也无权收回我唯一的住房，慌什么?”

每一次加息，经济学家们都会热热闹闹讨论其对宏观经济的影响，他们可以引用各种各样的理论数据。而小民们听这些理论的意义并不大，他们最需要的是好好全方位评估一下自己，然后做出选择。

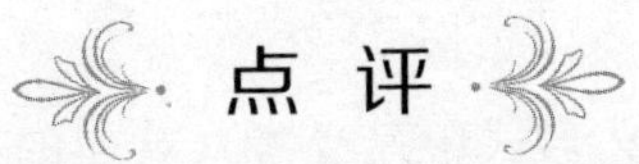

点评

生意人、体制内人员、打工者，城市里的就业人群大致可以分成这几类，他们的生活方式迥然不同，未来的生活轨迹也大不一样。所以理财态度应该也大有区别，彼此交流时千万不要以己度人，因为你的经验很可能不适用于别人。

幽默房市

曾经在诸多曲艺形式中最受群众欢迎的相声没落了，没落到除去每年一次的春节联欢晚会，大多数国人几乎不会刻意去找相声听。

某些西方人说中国人没有幽默感，作为爱国国民，我们当然不会承认。代表国人幽默水平的相声倒下了，如同不争气的中国足球；不过国人的幽默感却没有倒下，只不过换了个大显身手的舞台——它转到房地产市场上去了。

非著名房地产商冯仑曾在一次论坛上指出，现在房价上涨跟需求有很大的关系。需求至少少算了 50%，如果政府说有 100 个人要买房，实际要买房的至少有 150 个人。之所以有这么大的住房需求，跟“未婚女青年推动房价上涨”分不开。随便问周围的未婚女青年，很多人结婚的要求就是首先要有房。冯先生认为，如果政府强制规定 35 岁才能买房，将降低对住房的需求，从而降低房价。

冯先生的这番言论大有四两拨千斤的架势，之前的任志强放了多少“炮”才让自己家喻户晓，冯先生只一开口就让人们知道话不在多，“惊爆”就行。一夜之间，非著名的冯先生就著名起来。

哲学课上常常会引用到一句话："透过现象看本质。"冯先生"未婚女青年是房价上涨主要原因"的论断，则避开本质，充分发挥了娱乐圈"透过现象炒现象"的精神，将原本沉重的话题娱乐化、幽默化了。鄙人的太太就因此顿时产生了危机感，所以者何？因为鄙人已过35周岁。假如国家真的规定35岁以上者才能购房，鄙人这样昔日的爱情困难户势必成为未婚女青年激烈争夺的对象。此计一出，或许房价真能如冯兄所言，"叭唧"落地，可是许多如鄙人这般35岁以上人士的家庭也会面临挑战。如果真有妙龄女子为了得到一张购房资格证，来破坏鄙人的家庭，不知道鄙人的道行是否足以做到"色戒"？

冯先生的笑话说完也就完了，想必政府不会幽默到要给他"捧哏"，采纳他的异想天开。不过与此同时出台的"以家庭为单位认定第二套房"也不乏演绎出幽默故事的可能，这项政策本身是严肃的，相信多少会对稳定房价起到一定作用。然而，部分国人的智商过高，非常善于寻找政策漏洞，其能力远远超过寻找鸡蛋裂缝的苍蝇。为了达到贷款炒房目的，会不会有人演出"假离婚"的老桥段，一分为二，两个家庭不就可以贷款买两套房了吗？当然，这样舍得冒风险的家庭应该不多，不过如果闹出一两个假戏真做，最后上了报纸《情感口述》版的主儿，房地产市场的娱乐化氛围又会添上几个花絮。

一个馒头能够演绎出陈凯歌的《无极》，而由房子引发的故事当然会比前者精彩纷呈得多。对于冯先生的幽默，我们姑且不去一竿子打死，起码关注问题会有助于集思广益，希望抛砖最终能引玉，在探索中渐渐找到能行之有效治理房地产市场的新举措。

点 评

房地产话题热闹了10年左右，起初大家都热切期盼政府拿出调控政策，后来一次次调控都以笑话告终。现在已经没有多少人再寄希望于调控了，反而越来越多的人期盼彻底市场化，让它一次涨个够。花无百日红，利益集团再强势，也逃不过自然规律。如果大家都见怪不怪，其怪一定自败。房地产言论明星们，就怕没人答理他们。

趣味经济学

网上流传一篇文章，教大家用直观方法就能判断出一个地区经济的兴衰，读来有趣。

第一招是扑克牌销量指数。扑克牌销量越多，说明失业空闲人员越多，人们用打扑克来消磨时间，这是一种没信心的表现。显然，所谓扑克牌销量指数是舶来货，而且这种指数有些过时。现在青年人喜欢打电脑游戏，而中国的中老年人则喜欢打麻将。虽然用扑克牌作为观测物不太合适了，不过从麻将室的繁荣程度确实能大致看出一座城市的经济状况。我们这座内地城市，每个小区里都有数量众多的麻将室，设施简陋很低档，不过每天热热闹闹从早到晚通宵达旦。麻将客中既有老年人，也有不少年富力强的中青年，可见本地经济发展水平不甚理想。到了一些沿海发达城市，走遍大街小巷都难找到几间麻将室，若是年纪轻轻、身强力壮在那儿整天“修长城”，是会被别人鄙视的。

“从证券营业部外面的自行车多少，可以看出股市的牛熊。”这条在许多城市不适用，比如现在正值熊市，我家周围好几家证券交易厅外却停满了自行车。这是因为天气炎热，很多老人家在里面蹭空调打瞌睡呢。

“餐厅里美女服务员随处可见，谈吐间素质还很高，说明经济不景气，不然这样的美女肯定能找到好得多的工作。”这种观察法在国外肯定很准确，在中国却不适用。我就常在一些餐厅见到过各方面都很不错的美女服务员，而坐过许多次飞机，却没见过几个真正美貌的空姐。所以者何？中国找工作需要拼关系（包括潜规则），不一定各方面条件好的人，就能找到好工作。

“读饱书出租车司机指数”，乘坐出租车随时碰上谈吐文绉绉的司机时，不必查询 GDP 数据，便可断定经济已陷入或即将进入衰退。这个指数如果科学，那么我们国家许多市长做梦都要笑醒了，因为即便一线城市也很难找到文绉绉的司机。当然，我们遇到的出租车司机中不乏健谈者，有的似乎上知天文下知地理，不过说的大多是错的。按照这个指数，我们每座城市经济前景都会让人振奋不已。

或许因为大部分是舶来货，这类趣味经济学并不很贴近中国国情。不过我们每个人内心其实都有一套自己的直觉经济学，能感知日子到底好不好过。所以经济学从来不是专家说了算的，那些绕口的经济词汇、理论，向来不太受老百姓待见。

点 评

我们经常在媒体上看到的经济学名词，绝大多数是舶来货。以至于某些专家也常常食洋不化，分析来分析去，总是号不准中国经济的脉。他们确实应该走出书房，走出高端会议场所，多到寻常百姓之中看看。

市井经济学家

“很久没来买啤酒了，最近有那么忙吗?”远远看到我，吴工就打起了招呼。

吴工是小区里一家副食店的老板，40 多岁，由于下岗前是一家国企的工程师，所以不喜欢别人喊他“老板”，喜欢被称为“吴工”。

“我那些在事业单位当工程师的同学，起码月薪都五六千元了……”吴工时常会进行这样的横向比较，然后搭配一声叹息。

“你做小生意，收入也不比他们少吧?”我对行情还是有一点了解的。

“那不一样啊，社会地位差得远。做生意收入如果不比他们高几倍，别人就不觉得你和他们能平起平坐。”吴工摇了摇头。

吴工是个话痨，通常逮着我就能滔滔不绝说上两个钟头，内容大多是国民经济那点事儿，简直就是一个草根版的郎咸平。

“我觉得今后 5 年，总体就业形势仍会趋紧……房地产调控措施恐怕很难见效……”说起这些，吴工就很亢奋。我需要做的，只是每隔十几分钟，来上一句“啊”“对啊”“是吗”“这怎么说”……

有一阵子，我纳闷吴工这么能说，何以他的副食店远没有小区里其他几家同行热闹。其他几家店门口，常年都聚着一堆话痨，从早上到深夜，叽叽喳喳。吴工店里冷冷清清，似乎只有我去了，他才会一个人热闹起来。

“他说的这些东西，都是总理才应该关心的事，你说一般邻居哪听得懂？再说听懂了又有什么用？”吴工的老婆曾对我说。难怪吴工每每看到我像俞伯牙遇到了钟子期，他是觉得曲高和寡啊。

吴工的老婆还告诉我，吴工是纸上谈兵，天天看财经新闻、国际时事，可是没有一点理财眼光。以前他们两口子单位都有买福利房的机会，成本价，若是买下两套，按现在的市场价卖出去，可以赚一百多万元。可是吴工宁可挤着和老爷子住在一起，等他想买了，市面上已经没有了他买得起的房。

我想起了马云不久前说过的一句话：“改革和一般老百姓一点关系都没有。”虽然很偏颇，不过像吴工这样身为草根，眼界却总是指向宏观大格局，多少有点脱离实际了。

“我本是卧龙岗散淡的人，凭阴阳如反掌保定乾坤。先帝爷下南阳御驾三请，算就了汉家业鼎足三分。”前几年看了电影《风声》，吴工学会了这么几句京剧戏文，有时喝了酒，会在店里哼哼，自我陶醉。可能借着酒劲，把自己幻想成了埋没于市井乡野之中的诸葛亮、姚广孝、邬思道……

现在有个热门名词“公知”，指的是一些喜欢主持天下公道的所谓公共知识分子。他们大多生活水平都在中产阶级以上，一般老百姓接触不到。吴工这样还在坐公共汽车的知识分子却不少，他们与周围“粗人”看似格格不入，不过也在潜移默化中多少影响着别人。吴工虽无经天纬地之才，很可能在“卧龙岗”散淡一辈子。但其胸怀天下，好歹也比天天飞短流长扯是非强。

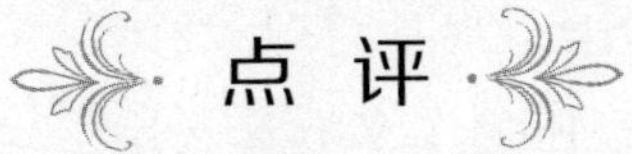

点评

市井经济学家时下比比皆是，他们一知半解、满嘴跑火车。不过起码多多少少引导了基层民众对于经济的关注，同时虽然胡说八道，可无影响力、知名度，危害不及某些专家，所以他们的存在至少无害。

科学生活观

内蒙古小伙邱国英和河北姑娘郝然然出名了，央视《新春走基层》栏目给他们做了一个时长20分钟的短片，描绘了他俩过去3年的买房励志故事。他俩相识相恋于保定一家工厂，都是绝对的草根青年。3年前邱国英许下承诺：一定要用双手挣回属于自己的房子，让妻子过上好日子。为了实现这个梦想，小两口约法三章：不逛街、不旅游、不下馆子。结婚时邱国英穿的西服都是借的，他们每天只花5元钱生活费，邱国英经常一天工作10多个小时，曾经8个多月不吃肉，捡拾菜贩扔掉的菜叶子……

这个故事过程看着挺让人心酸，之所以最后出落成励志故事，完全是因为有个“光明的尾巴”。片尾邱国英小两口和他们的同事一起搬进了新家，阳光灿烂的背景下，年轻人们在小区门口高喊：“××小区，我们来了！”

邱国英小两口都是北方人，或许在北方，如此节约足以惊动央视，在南方他们就没法脱颖而出了。我的邻居小丁一家就足以秒杀邱国英小两口，他们不仅生活费也只每天几元的标准，而且几乎一切都DIY。小丁的自行车一直自己修理，而且用的材料还都是捡来的边角余料，所以我们三天两头就能看到他在楼下修车，我老婆刚过门时，一度还以为小丁的职业就是摆修车摊；小丁父子都自学了理发，于是从不知道外面理发什么价；他们家的空调、洗衣机、冰箱基本只是装饰品……然而小丁家没法演绎出励志故事，因为结局并不光明。

小丁婚后两年，他老婆就不堪忍受如此节约的生活，离婚带着儿子回了老家。小丁的人际关系一直不好，单位破产后他在某小区当保安。仅仅为了多吃一顿免费的工作餐，他常常下了班主动帮同事再顶一个班，搞得老板觉得可以推广免费加班并减少用工，于是同事们都很仇视小丁。小丁的母亲去年过世了，因为搬家不愿请搬家公司，累倒在了路上……小丁父子现在有了两套房，据说还有一笔不菲的存款，可是没人羡慕他们。

小丁家的结局让他们的节约故事看起来很悲催，邱国英小两口现在看来结局很幸福，然而一辈子很漫长。网友中绝大多数都觉得他们买房买得过于辛苦了，或许许多年后，他们会为此后悔，营养不良、透支健康或许会让他们晚年没个好身体。

许多事情往往要等大结局时倒推，才知道当初如此值不值。作为小民没法拉住房价暴涨的脚步，不过可以适度调节自己的心态，量力而行才是科学生活观。

点　评

如果时间回到十几年前，邱国英小两口一定会备受推崇。因为他们很励志，虽然很不理智。国人历来觉得吃苦是美德，面对买了房这样的成果，吃点苦中苦便算不得悲催。然而时代进步了，人们觉醒了，知道房子再贵也没有自己的身体值钱。

这种进步，是过去千百年没有的。

总 结

“不能说，一说就是错。”这是参禅悟道者常说的一句话。对于投资理财领域，它也很适用。市面上从技术层面分析股票操作的书多如牛毛，电视里财经专家天天在絮叨，网上还有大量炒股软件。可是这些加起来，也难以让某个具体的股民扭亏为赢。所以从文化、心理等层面分析投资理财现象，或许更靠谱一些。投资理财如果从技术上说得清，天下也就没有穷人了。